小さな達成感、大きな夢

木山弁護士、今日も全力投球

弁護士
木山泰嗣

弘文堂

小さな達成感、大きな夢——木山先生、今日も全力投球　目次

1
落ちこぼれでも、得意なものを伸ばせば活躍できる?

先生が教壇に立ち授業が始まると、机の上にうつぶせになり寝たふりをした。日によっては休み時間から寝たふりを始め、授業が始まってもそのまま顔を上げずにチャイムが鳴るのを待った。寝たふりを続けていれば、指されることもあまりない。指されてしまうときもある。指されてしまったときは、何も答えることができなかった。成績は10段階で「3」。もし「2」がついたら赤点だ。留年になってしまう。ぎりぎりのラインで時が過ぎるのを待った。高校時代の数学の授業での思い出だ。

数学にかぎらない。他の科目も総じて成績がわるかった。運動が得意でもないのに、体育の成績が1番よいときがあった。それくらい高校時代の成績はひどかった。いわゆる落ちこぼれだ。そうはいっても進学校での話でしょう、といわれることがある。しかしそれは当の本人には関係がない。毎日通っている高校で、ひどい成績をとり続ける。それは傍からみる以上に、本人には辛かった。高校1、2年生のころ、学校の勉強にまったく興味がもてなかった。全然勉強しなかった。たまに思い立って勉強をしてみるが、成績はさっぱり伸びなかった。

高校1年生の最初の学力テストは、学年で450人中400番台。クラスでは、45人中40番台だった。初夏に行われた最初の三者面談では「この成績では、どこの大学にも行けませんよ」と担任の先生にいわれた。がっくりと肩を落とした母と、無言のまま徒歩30分くらいの通学路をひたすら歩いて帰宅した日のことを、いまでも覚えている。

高校2年生になると、寝たふりをする代わりに本を読むようになった。数学の授業の時間に、である。マンガを読んでいる生徒もいた。マンガが許されるのだから、本を読むのはとうぜんに許されるだろう。自主的に数学の授業を読書の時間に変えた。

学生時代は読書家ではなかった。しかし高校2年生の数学の授業だけは、かなりの時間を読書にあてた。吉川英治の『三国志』を全巻読破した。次に同じ吉川英治の『宮本武蔵』を全巻読破した。「逃げ」である。できない数学の授業からのエスケープだ。あえて読書にいどんだ。内容もまったく覚えていない。『宮本武蔵』を読んでいたときは、武蔵の成長物語を追体験しながら、自分もいつか見返してやりたいとは思っていた。しかし、どのように見返してやるのかは、まったくわからなかった。一芸があるわけでもない。身長も低い。やせていて力もない。しゃべるのも下手で無口。「人と何かで勝負できそうだ」と思えるものが、まったくなかった。コンプレックスのかたまりみたいな生徒だった。

そんなわたしが、数学の授業の時間にいつものように本を読んでいると、数学の先生が背後でぴたりと立ち止まった。「では、問題を解いてください」といって生徒に練習問題を解かせると、教室を生徒の机に沿ってゆっくりと歩いてまわるくせが、この先生にはあった。わたしが座っている廊下側の1番後ろの席に近づくと、先生はぴたりと立ち止まった。その気配を背中に感じた。授業中なのに本を読んでいる。「問題を解いてください」といわれているのに問題を解いていない。その生徒の後ろで先生が立ち止まった。いまさら読んでいる本を閉じるわけにはいかない。背後にプレッシャーを感じながらも本のページに視線をとどめ、先生が立ち去るのを待った。先生はしばらくして「うーん」といった。さわやかに疑問の声をあげた、というような「うーん」だった。そのまま足早に教壇に戻ると、おもむろに先生は話を始めた。

「みなさんはいま、多くの科目を勉強しなければいけませんね。苦手な科目もあると思います。苦手な科目だらけの人もいるかもしれません。でも、何か1つだけでもいいです。1つだけでも得意なものがあるといいですね。その得意なものを磨き上げれば、ものすごい力を発揮できるかもしれませんよ。世の中にはそうやって成功する人もいるんですよね。なんでもいいんです。1つでもいいから、何か自分の得意なものをみつけるんです。それを伸ばして勝負するという方法もあります」

20年以上まえのことなので、正確ではないかもしれない。でも、このようなことを先生はおっしゃった。そのように受け取っただけかもしれないが、このときわたしは電流のようなものが走るのを感じた。先生は、生徒全員に向けて話されていた。しかし、「うーん」からの連続を考えると、わたしに対してのメッセージのように感じた。数学の先生がうしろでみているのに、関係のない本を読んでいる。そんな生徒をしかることもなく、数学の先生はあたたかいメッセージをくださった。

このときは得意科目がなかった。しかしこの言葉がわたしを動かした。1年生から続いている科目はもうお手上げだったので、3年生から始まる科目で勝負をかけることにした。歴史が好きだったわけではない。とにかく覚えれば点数がとれるだろうと考えた。選択科目に選んだ日本史では、徹底して勉強した。教科書や用語集に書かれていることをすべて丸暗記するくらいに徹底した。その結果、高校3年生の最初の日本史のテストでは100点をとれた。成績は10段階で初めて10がついた。これでなんとか大学受験での得意科目をつくることができた。

といっても学者にでもならないかぎり、世の中では日本史で勝負することはできない。仕事にしたいと思えるほど、日本史を好きになることもなかった。ただ、日本史のなかにときおり登場する「法律」や「文学」については興味を覚えた。理由はわからないが、法律を勉強してみたいと思った。明治維新以降の文学作品や『学問のすすめ』(福澤諭吉)などの啓蒙書が日本史の教科書に出てくると、こういう作品をいつかきちんと読みたい、と思った。

日本史を勉強しているときに「法律」に興味をもったといったが、最初に法律に興味をもち始めたのは、高校2年生のころだったと思う。その数学の先生の言葉を聞いて、なにか自分にも勝負できるものはないかと、そんなことを考え始めたころだった。高校2年生のときには得意科目がなかった。いま勉強している科目では、大学受験はムリだとわかっていた。逃避の発想もあったのかもしれない。「いまはまだ、だれも勉強していない分野」で勝負をできないかという考えがわき起こった。同級生がまだ勉強をしていない分野で、自分が興味をもてる分野。それをみつけて猛勉強すれば、社会で勝負できる武器になるんじゃないか。そんな想いが芽生えた。

世界史の教科書にでてきたモンテスキューの『法の精神』を岩波文庫で購入して読んでみた。日本国憲法の制定にたずさわった幣原喜重郎《しではらきじゅうろう》首相の半生をつづった、分厚いハードカバーの本も購入して読んだ。何をいっているのかは、高校生のわたしにはさっぱりわからなかった。でも、そこに出てくる法律のことをもっと知りたいなと思った。

わたしは、『憲法がしゃべった。』（すばる舎リンケージ）をはじめ、子どもでも読めるような法律の本も書いている。法律に興味をもった子どもが読めるような本をつくりたい、という気持ちからである。高校生でも理解できるような法律の本は、当時、探してもみつからなかった。あったのかもしれないけれど、出会えなかった。いまでも同じような学生がいるかもしれない。そんな想いがある。

高校2年生の3学期の成績表には、英語を教えていた担任の先生から「木山くん、やっと数学から解放されますね。これからは木山くんの得意な分野でがんばってください」という温かい言葉が書かれていた。ちなみにわたしは、数字《すうじ》は苦手ではない。計算も苦手ではない。中学3年生までは数学の成績は良かった。「得意な科目は？」と聞かれれば「数学」と答えていた。父は理工学部出身のエンジニアで、数学が得意だった。たまにふと、数学をいま勉強したら理解できるかなと思うことがある。書店で数学の本をパラパラ繰るのだが、やはり興味はもてない。人の興味や関心は、その人の使命や役割と関係しているのだと思い込むことにしている。

2

手を差し伸べてくれた上級生と同級生

弁護士は「正義の味方」だと思われている職業かもしれない。いろいろな弁護士が新聞・テレビで紹介されているので、必ずしもそうではないと思う人もいるだろう。それでも子どものころからあこがれて司法試験を目指している人には、弁護士は「正義の味方」という理想像があるように思う。

弁護士は裁判を通じて、依頼者の人権をまもることができる。裁判所は「少数者の人権を守る」場所だといわれている。公害や薬害などの社会問題があったときに、被害を受けた方々が裁判を起こす。立法では解決されていなかったことに、裁判所がメスを入れる。その訴訟活動を担うのは、依頼を受けた弁護士だ。少数者の人権を救済する訴訟活動の場面で弁護士は、たしかに「正義の味方」といえるのかもしれない。違法な侵害を受け危害を被っているにもかかわらず、損害の回復に応じてくれない相手がいる。これに対して「裁判」という手段を用いる。事後的ではあるが、救済を裁判所に求めることができる。最後に判断を下すのは裁判官だとしても、やはり弁護士には正義の味方としての側面があると思う。相談を受けた弁護士が「これは裁判をしても勝てませんね」といってしまえば、事件が裁判所に上がることはない。裁判を起こしただけでも、意義があるといえる。そうした裁判では、依頼者のために惜しみなく弁護士の時間と労力が投入されているはずだ。

そうした人権救済的な裁判にも関与すべきなのかもしれない。現在わたしが扱っている案件のほとんどは租税事件である。租税事件は、主として国（国税当局）が国民（納税者）に行った違法な課税処分の取消しを裁判所に求める行政訴訟である。国民（納税者）の権利を救済するために訴訟活動をすることになる。

おおげさにいえば「租税正義」を実現するための訴訟活動といえるかもしれない。しかし、じっさいに訴訟活動を行っているときに、「正義」を意識することはまずない。正義という言葉は相対的で抽象的な概念だからだ。考えることは「常識に照らして妥当かどうか」である。常識に照らして妥当とは思えない課税処分が行われることがある。課税処分を行う国税当局にも、出世主義があると聞く。「増差所得をとる」といって、金額の高い追徴課税をする職員が高く評価されるといわれている。税務調査をする立場の人たちは、「課税正義」のための職務遂行を行っている。しかし行きすぎもある。法に照らして許容すべきでない課税処分もじっさいにはある。

こうした課税処分の違法性を主張し、国税不服審判所や裁判所に訴える。裁決や判決で課税処分が違法であるとして取り消されると、弁護士（依頼者）にとっては「勝訴」になる。勝訴判決を得たときには本当に嬉しい。依頼者が喜んでくださる。世の中をよくすることにも貢献できたのであれば、なお嬉しい。目のまえにある事件を淡々とこなしている。そこに全力投球をしているだけ、というのがじっさいだけど。

弁護士は客商売として成り立っている。公務員ではない。依頼者から報酬をもらわなければ食べていけない。報酬がみあわないから受けないという弁護士もいる。報酬をきちんと支払ってくれる他の依頼者との関係を考えれば、いたしかたないことだろう。わたしは勤務弁護士（アソシエイト）なので、基本的にはボス（所長）の受任する事件が配点される。これをきちんとこなすことが行うべき業務になる。税務の事件は著名弁護士である所長に集中してやってくる。それをアソシエイトであるわたしたちが担当する。それをこなすだけでかなりの時間が必要になるので、個人的に事件を受けることはほとんど行っていない。執筆の仕事は増えているが、これは休日や平日の夜中など自由に使える時間に行っている。

いずれにしても、弁護士として行う訴訟活動については、依頼者から報酬をもらう。もらうのは所長で、それが給与というかたちでわたしたち所員のもとにやってくる。あくまで「租税正義」の実現は、有償で担っていることになる。

「正義の味方」と聞くと思いだすことがある。小学生のころに、わたしが救ってもらった事件なのだけど。それはいまでも「人生の原体験《げんたいけん》のようなもの」として、心のなかに色濃く焼きついている。なにかの拍子にむくむくと、その原体験はよみがえってくる。

小学校低学年のころのことだ。1年生か2年生だったと思う。家から歩いて10分くらいのところに、おばあさんが1人で経営している玩具屋があった。おもちゃ屋というほどおもちゃは売っていなかった。小学生に人気のプラモデルは置いてあった。そのプラモデルを買いに行ったときのことだ。当時流行っていた宇宙戦艦ヤマトかなにかのプラモデルだったと思う。たしか1個が300円だった。消費税もなかった時代だ。わたしは自分の財布（小銭入れ）にとうぜんに100円玉が3枚以上入っていると思い込んでいた。半ズボンのポケットのなかでじゃらじゃらさせながら、そのお店に赴いた。お目当てのプラモデルを手にとると、おばあさんが奥で座っている座敷のまえに行った。うすぐらいお店で、ほかにお客さんはいなかった。店内はしんとしていた。おばあさんにプラモデルを差し出すと、「300円ね」といわれた。財布を開けるといくら数えても300円には足らないことが発覚した。小銭はたくさんあるのだが、どういうわけか100円玉が1枚しかない。あとは10円玉とか5円玉とか1円玉だった。ひとりで買い物に来たときにお金が足りない。そんな経験はしたことがなかった。7歳か8歳のわたしは、そこで大いに戸惑った。あせって財布の小銭を数え直した。どうしよう、どうしよう、と心のなかで煩悶した。おばあさんは黙っているだけだ。お年寄りで時間の流れが子どもよりスローなのだろうか。わたしのお金が足りないことにすら気づいていないかのようだった。300円が差し出されることを黙って待っているおばあさんに「お金が足りないので、またきます」と一言いえばよかったのだが、それをいう発想も浮かばなかった。あたまの回転はストップし、気が動転した。

後ろをみると、いつのまにか上級生が並んでいた。同じ小学校の5年生か6年生のお兄さんだ。話したことはないが、体が大きく「ファンキーさん」というあだ名で呼ばれている人だった。早くしろよと殴られるのではないかと、わたしはびくびくし始めた。と、そこで思わぬ手が差し伸べられた。事態を察したファンキーさんが、わたしに100円玉硬貨を3枚差し出したのである。

「はいこれ。これ使いな」

びっくりした。が、助かったと思い、すぐにそれを受け取った。「ありがとう」とだけいって、わたしはファンキーさんが差し出してくれた300円で支払いをすませると店を出た。その後、ファンキーさんと話したことは1度もない。近所というほどでもなかったし、どこに住んでいたのかもわからない。

どうでもいい事件だと思われるかもしれない。でもこのときわたしは「正義の味方」というものを言葉ではなく、姿としてみた気がしたのだ。自分が上級生であれば早くしろよというだけだったかもしれない。そこで話したこともない下級生にお金を差し出すという発想は、ふつうの小学生にはないと思う。それを自然とやってのけた上級生がいた。ファンキーさんは見返りを求めることもなく、身銭を切ってわたしに手を差し伸べてくれた。

同じように手を差し伸べてくれた人が、同級生にもいた。小学3年生か4年生くらいのころだと思う。駅前に新しい本屋ができた。昔よくあった小さな個人書店だ。クラスの友達4、5人でその新しい本屋に遊びに行ったときのことだ。お目当ての1冊をみつけると、わたしは早々にそのマンガを購入し、あとは友達が本を探し終わるのを待っていた。みんな終わり、もう出ようとなった。お店を出ようとすると、きつそうな顔をしたおばちゃんがわたしの肩に手をあてた。そして、こういった。

「あんたうちの本、万引きしないでよ」

びっくりした。わたしは確かにお金を払ってそのマンガを買ったのだ。しかしレシートはもらっていなかった。ブックカバーもつけてもらえず、袋にも入れてもらえなかった。ここで買った証拠はなかった。泣きそうになった。問い詰められてじっさい泣いてしまった。小学生が店員から犯罪者扱いをされ、追及されたのだ。そこに一緒に来ていたSくんが手を差し伸べてくれた。「きんちゃんは、万引きをするような人ではありません」ふだんはガキ大将でちょっかいを出してくるSくんは、強い口調で店員にいった。「何を考えているんだ。きんちゃんに疑いを向けるなんて」といった風であった。そのあとどうなったかはよく覚えていないが、Sくんのおかげで、どうにか無罪放免となり解放された。

臆病で大人にうまく説明をする技術も度胸ももちあわせていなかった。そんなわたしに、手を差し伸べてくれた人がいた。人のやさしさを感じた瞬間だった。

もう1つ中学生のときにもあるのだが、これは心にしまっておく。それが弁護士の仕事とどうつながるのかといわれると、正直よくわからない。正義なる言葉でくくってしまってよいのかもわからない。それから30年たったいまでもこの原体験は、たまにむくむくとわたしの心のなかであたまをもたげてくる。まるで「それでおまえはいま、何ができるのだ」と問うてくるかのように。

3

受験3回目のアクシデント

13年前のことである。1000年単位での時代の変わり目。2000年はミレニアムで大きな盛り上がりをみせていた。司法試験受験の真っただ中だった。

1998年3月に上智大学を卒業すると、2か月後に初めての司法試験（択一試験）を受験した。2001年秋の最終合格までの約4年間は無職。ひたすら司法試験の勉強に時間を捧げていた。思い出すのもいやなくらいだ。「暗黒の時代」である。金はない。職はない。彼女もいない。合格もない。何もない。ないないづくしの時代である。いまでこそ、こういう本のなかでは語ることができるようになった。当時は言葉も出ないくらい、無力感と、敗北感と、屈辱感をかみしめていた毎日だ。

個人的にも変化を余儀なくされたのが、2000年だった。大学2年生のころから交際していた女性との別れがあったからだ。彼女と別れることくらい、だれでも経験することだろう。しかし別れのタイミングと訪れ方に衝撃があった。ハンマーで殴られたような一打であった。それは立ち上がれなくなるほどの精神的な喪失をもたらした。

1999年の大晦日が明け、2000年1月1日になると「今年は2000年だ。00年だ。今年はゼロの年だ。司法試験に合格してゼロから生まれ変わるんだ」と自分にいいきかせた。明るい未来が始まる節目の年になるようにと。司法試験をすでに2回受験していた。1回目はあと2点足りず択一試験（最初の試験）で不合格だった。2回目は択一試験には合格し、最大のヤマである論文試験では総合A評価。あとちょっとでの不合格だった。3回目の受験になる2000年は、司法試験勝負の年だった。確実に合格を果たすべき年であった。

大学時代から交際をしてきた彼女には「勝負の年だから」などと自分勝手な宣言をした。「デートをする時間やお茶程度に会う時間もとれなくなる。この1年が勝負だから」といった話をした。自分のなかでは了承を得たつもりで、その後はひたすら勉強に没頭した。

２０００年の５月には択一試験を受験した。いよいよ論文試験の勉強に入るぞ、と意気込みかけたころだった。渋谷で会って話をしていた彼女の様子が、いつもとどこか違うのだ。考えてみると電話をしても出ないことが増えていた。帰宅してその日の夜中に電話をして聞いてみた。半ば冗談、半ば疑いの目で「好きな人でもできたの？」と。

しばらくの沈黙があった後「ごめん。好きな人ができた」といわれた。衝撃だった。今年自分は司法試験勝負の年、最後の年、あと少しと、１年のすべてを勉強に捧げてきた。それなのになぜこの状況で、自分がふられなければいけないのか。足もとの床が一瞬にして地下深くに落ちた。翌日は、択一試験の発表の日だった。

５年近くつきあってきた彼女に突然ふられたわたしは、夜も眠れず泣きはらした赤い目のまま、翌日の択一試験の発表を見に行った。合格していた。前年も択一試験には合格していたから喜びはない。不合格にならなくてよかったと、ほっとする程度である。ここからだ。いよいよ論文試験だ。あと１か月半くらいで、最後の山場を迎える。そんな時期に入ったのに、気がつくと「彼女を取り戻したい」という焦燥にかられていた。

兆候はあったのだろうけど、勉強にエネルギーを注いでいたので気づくことができなかった。女性との交際経験も乏しかった。女性の気持ちをよく理解していなかったというのもある。なぜいまふられたのか、ということが理解できなかった。ただでさえ、無力感と、敗北感と、屈辱感の毎日だった。そこに唯一自分とのつながりをもち続けてくれた人から、突然別れを告げられた。好きな人がいるといわれた。

なぜ、このタイミングで？　なんで、こんな目にあわなければいけないんだ？　突然の別れにわたしはひどく動揺した。

論文試験に向け、予備校の答案練習会がスタートした。ほぼ毎日、論文試験に類似した問題を解く（論文を書く）。書いている最中に涙が止まらなくなった。その涙で答案がにじんでしまう。そんな日々が続いた。すぐにやむかと思ったが、やむことはなかった。精神的にも不安定になってきた。勉強をしようとしても、気力がもてなくなってきた。何がいけなかったのか？　どこで間違ったのか？　と自分を厳しく責めるようになった。夜も眠れなくなってしまった。

まったく眠れない日が続いた。ベッドに入っても、一睡もできない。ほんとうに一睡もできないことがあるのだと、初めて知った。おまえは人生の選択を間違えた。こんな試験を受けるから彼女にふられたんだ。問題文を読み間違えてぎりぎりで落ちてしまうから、こんなことになったんだ。おまえは司法試験に向いていなかったのだ。ばかだ、無能だ、と自分を責め立てた。たまに眠れる日があっても、知らない男が出てきて彼女を自分から奪っていくような悪夢をみた。それで夜中に目が覚めた。

そんな状態で論文試験を受けた。前年は民法の1問（2問中の1問）で、問題文を読み間違えてしまうというアクシデントがあった。それが原因での不合格だった。民法だけがGで、他の5科目はほとんどAで、総合A評価だったので、惜しい不合格だったのだ。しかしこの年は論文試験の直前に受けた予備校の模試では、全国で6位だか7位だかの成績をとれた。精神的には不安定な受験だったが、本試験もなんとか解ききることができた。8月くらいに予備校が出している受験雑誌に掲載されていた論文試験の解答案をおそるおそるみてみた。大きく外しているものはなかった。さすがに今年は合格しているだろうと思った。

しかし、結果は不合格であった。この年も総合A評価。2年連続であとちょっとというところで不合格だった。年始の宣言どおり、ゼロになってしまった。失うものが多い年だった。

失恋直後の受験勉強を支えてくれた、1人の先生がいた。柴田孝之先生だ。柴田先生は当時、司法試験予備校のLEC（東京リーガルマインド）で講師をつとめられていた。『司法試験機械的合格法』（日本実業出版社）などのベストセラーの著書もある、受験界では著名な先生だ。

柴田先生が刊行されている司法試験の勉強の本には、メールアドレスが記載されていた。質問があればどうぞみたいなことが書かれていた。それで本の感想と、勉強法の質問をメールでお送りしてみた。わたしは先生の授業を受けたこともなければ、お会いしたこともなかったのだが、すぐにご返信をいただけた。

最初は勉強のことを聞いていた。失恋した後の論文試験直前期に、思い切ってそのときの状況をメールでお伝えした。すると、先生は毎日のように励ましのメールをくださった。講義を受けている生徒でもなく、お金を払っているわけでもない一読者のわたしにだ。

お忙しい先生にとって、迷惑な受験生だったと思う。でも、先生はわたしからのメールに毎日、必ず返信をしてくださった。「彼女のことが忘れられずに、勉強に集中できません」みたいなどうしようもないメールに対しても。

柴田先生から受けたご恩を、わたしは先生に返すことができていない。ロースクール（法科大学院）の学生からの質問やメールにできるかぎり応えているのは、そんな想いがあるからだ。

試験勉強の仕方や、問題の解き方、ノートの書き方、勉強の悩みなど、さまざまな質問を学生からメールでもらうことがある。柴田先生への恩返しだと思い、必ず返信している。役に立っているかはわからない。大したアドバイスができずに申し訳ないなと思うこともある。それでも求めがあれば応えるのが、先輩としての責務だと思っている。依頼者から報酬をもらって初めて成り立つ弁護士の訴訟活動とは何か違うのだ。

でもあの経験がなければ、違っていたかもしれない。「めんどうくさいな」「忙しいからムリだね」と考えてしまうような弁護士になっていたかもしれない。人からは「やさしいですね」といわれることもある。けれどわたしはじっさいにはかなり冷めた面をもっている。それでも司法試験を受ける人からの質問になると、冷たく対応することができない。それは柴田先生から受けたご恩があたまから離れないからだ。昔の自分をみているようで、放っておくことができなくなるのだ。

旧司法試験に合格して弁護士になった人には、同じような苦労をしている人が多い。きっと多くの先生が熱心にみてくださるだろう。学生はそれに甘えっぱなしではいけない。それは学生に向けられた好意のようで、ほんとうは違うところに向けられた想いかもしれないからだ。でもそうした先生方のおかげで、素晴らしい環境のなかで勉学に励むことができる。それがいまのロースクール生の特権だろう。ロースクールに通っている方、ロースクールへの進学を目指している方は、めぐまれた環境を存分に活用して欲しい。先生たちに遠慮する必要はまったくない。

学生からの質問や相談は、わたしを懐かしい気持ちにさせてくれる。そして心から応援したくなる。

4

法律事務所への就職
——選んだ理由は?

わたしが弁護士になったのは、2003年の秋である。1年半の司法修習を経て、東京にあるいまの法律事務所に就職した。

新人弁護士の働き方には、いくつかのパターンがある。最近では「即独《そくどく》」する人もいるようだ。弁護士登録をして即、独立するのである。法律事務所に就職をすることなく、自分で法律事務所を開設するパターンだ。実情としては、就職ができずにやむなく即独というケースも多いと聞く。自宅を兼事務所にして、携帯電話1つで飛び回るという。同期にはそのような人はいなかったから、実態はよく知らない。

弁護士になりたての新人の就職先は、東京の法律事務所が多い。司法制度改革によって司法試験の合格者が増加した。その多くは東京の法律事務所を就職先として求める。裁判官、検察官の採用人数はとくに増えない。結果、東京の法律事務所が人気となり、いまは「買い手市場」になっている。もちろん、リーマンショック以降の日本の不況も影響しているだろう。加えて弁護士数の急増で、受け入れ先の問題が出てきている。

わたしが就職活動をしたころは、「就職先の法律事務所がみつからない」という話を耳にすることはなかった。当時から大手法律事務所がいくつかあった。そこに就職するためには、年齢が若い必要があるとか、どこそこの大学卒でないとダメだとか、英語ができないとダメだとか、ハードルはあった。しかしそれ以外の法律事務所に目を向ければ、どの法律事務所に就職するかを司法修習生の側が慎重に選ぶことができた。

いま勤めている法律事務所は自分でみつけた。ここに入りたいという願いどおりに、入所させてもらった。親戚縁者に法曹関係者がいなかったわたしは、コネや紹介で法律事務所と接点をもつ機会はなかった。自分で就職先をみつけなければならなかった。司法修習生になると、同期のだれからともなく「どこそこの法律事務所に訪問に行きます」みたいな知らせがメールなどで来た。ある程度の規模がある事務所がほとんどだった。在籍弁護士が20人以上はいるような、業界では名が知れている法律事務所だった。

司法試験合格者はいまの半分程度の1000人弱で、採用する側も司法修習生を厚く歓待してくださった。ひやかし半分で訪問する修習生も多くまぎれこんでいるのに、コースを食べられるレストランに連れて行ってくれる事務所もあった。ご飯を食べに行っているだけみたいな事務所訪問もあった。それでも、どこか就職先を決めなければいけない。自分はどんな事務所であれば肌が合うのか、充実した仕事をできるのか、といったことを漠然と考えながら、法律事務所の雰囲気を見比べさせてもらった。

当時の司法修習は4月スタートだった。6月末までの3か月間、埼玉県和光市にある司法研修所に同期全員が集まった。70人ほどのクラスに分かれ、教室で授業や起案の練習などが行われた。これを前期修習といった。いまは前期修習はなく、いきなり実務修習が始まるようである。この期間にいくつかの法律事務所を訪問させてもらった。まわりの修習生に声をかけられ、一緒に行っただけだったけど。そもそも、どのような法律事務所があり、どのような仕事があるのか、さっぱりわからなかった。つい最近まで司法試験の勉強で必死だったわたしにとっては、わからないことだらけだった。

前期修習が終わると、7月から実務修習がスタートした。1年かけて、裁判所（民事事件）、裁判所（刑事事件）、検察庁、法律事務所の4つを3か月ごとにまわる。それぞれその3か月は、裁判所、検察庁、法律事務所に勤めることになる。順番は班によって違う。わたしは「検察修習」（検察庁）→「刑事裁判修習」（裁判所）→「弁護修習」（法律事務所）→「民事裁判修習」（裁判所）という順番だった。修習地は実家のある横浜を希望し、横浜になった。実家から関《かん》内《ない》（横浜市中区）に通った。界隈には、横浜市役所や横浜地方裁判所、横浜地方検察庁などがあった。周囲には法律事務所もたくさんあった。

7月だったと思う。検察修習のころに、いま勤めている鳥飼総合法律事務所の面接を受けた。初めて自分でみつけた法律事務所だった。同期で親しくしている人には企業法務をやろうとしている人が多かった。彼らはM&Aとか横文字のよくわからない難しそうな、ぶあつい本を読んでいた。自分もそういうのを勉強しないといけないような気がしてきた。当時は平成13年の商法改正があった時期だった。商法改正の本を新宿駅南口の紀伊國屋書店で探し、1番わかりやすそうにみえた本を購入した。

商法は、修習でほとんどやることがない分野だった。むずかしいイメージがあった。その本では図表などもまじえわかりやすい解説がされていた。すらすらと読むことができた。こんなにむずかしい法律改正の話をわかりやすく書いた本は、いったい誰が書いているのだろうと奥付をみた。同じ法律事務所の複数の弁護士による共著だった。ホームページをみると、弁護士が20人弱在籍していた(現在は50名近くいる)。所属弁護士のプロフィールや顔写真も載っていた。若い先生、女性の先生が多く、明るい感じの雰囲気が伝わってきた。当時はホームページがない法律事務所も多かった。好印象だった。

専門分野もあるようで、3つの島(グループ)があると書かれていた。「企業法務の島」「民事再生(倒産)の島」「税務の島」みたいなものだったと思う(現在はない)。なにか専門分野をもちたいという漠然とした想いがあったので、なかなか良さそうだなと思った。むずかしそうなカタカナの専門用語は使われていなかった。「3つの島」とあり、取り扱っている業務内容もわかりやすかった。

さらに驚いたことがあった。商法改正にとどまらずたくさんの書籍を出版していたからだ。

いずれも法律関連の本だが、法律事務所が本を出版することは当時あまりないことだった。本を書きたいと思っていたわたしは、これだと思った。よくいわれる言葉だが、ビビビときた。この事務所に就職したいと司法修習生に思わせたのだから、ホームページの威力はすごい。いまではホームページがあるのは当たりまえなので、そううまくは行かなくなっているのかもしれないけど。

ホームページにあった「56期司法修習生の新規採用案内」といったページから、面接を希望する申込みフォームに必要事項を記入し送信をした。それで7月末か8月上旬の、夏の暑いころに、神田小川町（東京都千代田区）にある鳥飼総合法律事務所に足を運んだ。生まれて初めて行く場所だった。地下鉄の淡路町駅でおりたあと、自分がどのあたりにいるのかがさっぱりわからず困惑した記憶がある。そこがいまでは、ホームグラウンドみたいな場所になっている。

2人の若い先生から事務所の概要や就職条件などをうかがった。話を聞いているうちに、この事務所に入りたいという想いが強くなってきた。「もし本気で入りたいと思うのだったら所長に話をしますよ」みたいなことをいわれたので、「ではお願いします」と即答した。「ちゃんと考えたほうがいいですよ」といわれた。「じゃあちゃんと考えます」といって、帰宅してまもなく「ぜひお願いします」とメールを送った。2回目の面接で所長の鳥飼重和弁護士からお話をうかがい「入りたいです」といったら、その場で採用してくださった。このとき聞かれたことで1つ覚えていることがある。「うちでは新人の弁護士でも、弁護士は弁護士なんだから、大きな事件でも1人で責任をもってやってもらうことになります。それができない人はうちには向いていないですね。きみは1人でも責任をもって仕事ができますか？」そんな内容だったと思う。実際には大きな事件を新人弁護士1人に担当させるということはなかった。わざとプレッシャーをかけられたのだろう。でもわたしは大きな事件を本当に1人でやらせてもらえるなら、やりたいと思った。とても嬉しくなり「ぜひやりたいです」というようなことを答えた。ちょうどそのころの検察修習では、2人1組で被疑者を取り調べる仕事をしていた。それで1人で責任をもってやりたいな、という気持ちが強くあったのだ。

わずか2回の訪問が、ほぼ唯一といっていいわたしの就職活動だ。いまの厳しい状況のなかでは、あまり参考にならないだろう。とんとん拍子で採用されることは、いまは少ないと思うからだ。わたしはこの事務所で働きたいと思い「働きたいです」と伝えた。ほかに行きたい法律事務所はなかった。ここしかないと思った。そういう想いで面接にのぞんでいるのと、ほかにも希望の事務所があって、じつは第○希望なんだけどと思っているのとでは、違うと思う。話を聞いていると、そういうことは採用担当者にはわかってしまうからだ。

一般企業の就職と、法律事務所の就職は違う。法律事務所は、人的関係の密度が非常に濃い。採用人数も同時に数名でもとれば多いといわれる。ほとんどの法律事務所は事務所が1つあるだけだ。本店や支店、子会社、関連会社などがあることは少ない。転勤や異動もない。そこでほんとうにその事務所にあう人なのか、といったことが重要なのだと思う。わたしは法律事務所の経営者ではなく、人を採用する立場にはない。でも、就職希望で事務所を訪れる司法修習生に会って話をすると、いろいろなものがみえてしまう。いまは司法試験の成績まで公開される。試験の点数や他の資格、学歴などから、優秀かどうかをアピールしたいという人もいるだろう。逆にアピールポイントがなくて、どうしようと思っている人もいると思う。伝わるのは熱意である。伝えるべきは熱意だろう。その事務所で働きたいという熱意だ。

5
マンガ家を目指して？

「小さいころから弁護士を目指していたんですか？」「なにかきっかけはあったのですか？」

というようなことを聞かれることがある。弁護士になると何度も聞かれる質問だ。

わたしが子どものころなりたかった職業はマンガ家だ。弁護士はみたこともなければ、どんな仕事をしているのかも知らなかった。身近な存在ではなく、なりたい職業として、児童や生徒の間で話題にされることもなかった。

弁護士という職業を知ったのは、幼稚園のころだ。近所の友達の家でよくやった人生ゲーム

（ボードゲーム）に出てきたからだ。ゲームのなかで成人すると、何かの職業につくことになる。医者や弁護士になると、高いお給料をもらえる。そういうゲームだった。どんな職業なのかはわからないが、高給取りなのだろうとは思っていた。

小学生のころは「週刊少年ジャンプ」が大人気だった。マンガが好きな児童が多かった。小学校の高学年くらいになると、読むだけでなく、自分で描いてそれをクラスの人にみせている人もいた。友達にみせるのは恥ずかしかったから、描いたマンガを学校にもっていくことはなかった。小学2年生くらいから、じつはコツコツと家でマンガを描いていた。家族にだけみせていた。ノートを破ってそれを半分におりたたむと、4ページできる。最初のページを表紙にして、それを開いた2ページにマンガを描いた。最後のページには日付けを入れた。1人で勝手にストーリーとキャラクターをつくり、マンガを描く。それを連載していた。といっても、家のなかのトイレに置いた。携帯電話もない時代。トイレは、何もすることがない空間である。置いておけば読んでくれるだろうと思って、家のトイレのペーパーホルダーのふたの下に、描いたマンガをはさんでおいた。友達が家に遊びに来たときには、みられないように抜き取っていた。もしかしたら、抜き忘れてみられたこともあったかもしれないけれど。

両親や同居していた祖母は、それをトイレで読んでくれていたのだと思う。でも、あまりほめられた記憶はない。感想をもらった記憶もあまりない。マンガ家を目指すことはいけないことだと思われていた。まともな職業ではないと、両親や家族は考えていたようだ。「マンガ家になりたい」といったとき、父親から「そんな職業を目指すのはやめろ」といわれた。母も落胆した表情をみせた。

それでもマンガ家になりたいと強く思っていた。小学5、6年生のころ、自作のマンガを雑誌に応募することを決意した。Gペン、スクリーントーンなどマンガを描くグッズを文房具屋さんで買い集めた。独学で本格的なマンガを描いた。マンガの描き方は、マンガ雑誌に、イラスト入りで解説のある記事があった。そういうものを集めて研究した。アニメ放送されていた『ドラえもん』『忍者ハットリくん』『パーマン』の作者である藤子不二雄が、マンガ家になるまでの道のりを描いた『まんが道』というコミックも発見した。書店で何冊か購入して読んだときには、自分もこうなりたいと熱くなった。

夏休みをかけて描き上げた本格的なマンガは、残念ながら入賞しなかった。そもそも、応募している人は自分より年上の人ばかりだろう。小学生の作品が入賞できるはずなどない。しかし中学生までにマンガ家デビューしたいと本気で思っていたわたしは、ひどくがっかりした。やっぱりムリかと思った。

ちなみにマンガを友達にみせることはしなかったが、絵をみてもらう機会はあった。小学5年生から6年生のクラブ活動で、マンガクラブに入っていたからだ。マンガクラブというと暗そうなイメージがあるかもしれない。要するに、学校の机で思う存分好きなマンガや絵を描けるというクラブだ。だから人気があった。4年生から6年生までの3学年全体で、40人くらいはいたように思う。マンガクラブといっても、じっさいにはイラスト（絵）を描くだけのクラブだった。当時流行っていた『ドラゴンボール』や『聖闘士星矢《セイントセイヤ》』などの登場人物を、色鉛筆でマネして画用紙に描くのだ。マンガコンテストをよくやっていた。クラブのメンバー全員で投票して、1位から3位くらいまでを決めるのだ。ものすごく絵が上手な同級生がいた。彼は毎回のように1位をとっていた。面白いものだ。投票で決めると、上手に描かれた絵がきちんと1位を獲得する。その児童の人気や人柄は関係ない。ふだんは目立たない人でも、絵がうまければ1位になる。純粋な絵のうまさが評価されるクラブだった。

わたしの描いたイラストは、2位や3位が多かった。毎回1位の彼のほかに、もう1人、絵が上手な同級生がいたからだ。1位がとれないと悔しくて次こそと、必死になって描いた。しかし絵の上手さで、その2人を超えることはできなかった。たまに偶然に1位をとれたことがあったが、連続で1位になることはできなかった。絵をみればだれが1番うまいかは判断できた。どちらが上か、絵をみればわかる。上には上がいる。もって生まれた才能のようなものがある人がいる。それを超えるのは容易ではなかった。

中学生になっても、マンガを描いていた。あいかわらず家のトイレのペーパーホルダーに描いたマンガをはさんで、1人で連載をしていた。野球が好きだったので、野球のマンガをよく描いた。何度も描いているうちに絵はみるみる上手になった。父や母からも「絵がずいぶんうまくなったね」とほめられた。いまでは絵は描けなくなった。当時のものをみると、中学生でよく描けたなと思う。

しかし肝心かなめのストーリーで、行きづまった。13歳かそこらの中学生が面白いストーリーを考え出すことは、至難のわざだった。中学1年生の夏休みに、通信講座の進研ゼミで募集していたマンガコンテストに自作マンガを送った。受賞はできなかったが、次点（惜しい作品）みたいなものとして紹介された。マンガ人気があり団塊ジュニアで子どもの人口が多い世代だったから、応募者も多かった。そこで次点に選ばれるのはかんたんではない。嬉しかった。でもたかが中学生、それも進研ゼミをとっている同級生のなかだけでのコンテストだ。そのなかでも受賞はできなかった。マンガ家になるのは相当ムリがありそうだと思った。翌年も、別の作品を描いて同じマンガコンテストに応募した。この年は、次点にも選ばれなかった。

ちょっと厳しいかな、という感じがしてきた。その後、中学3年生の夏休みくらいで、マンガを描くのをやめた。このころ感じたのは、手塚治虫の偉大さである。『火の鳥』という壮大なストーリーマンガや『ブラック・ジャック』という医療マンガまで幅広く手がけていた。中学生ながらに感じたことは、この先生の肩書きが「医学博士」となっていたこととの関係だ。手塚治虫のマンガはびっくりするくらい面白い。その世界にひたることができる。ストーリーが魅力的だった。こうしたストーリーは人生経験が豊かでないと描けないのではないかと思った。医者なのにマンガを描いている。だからこそマンガが面白くなる。医者の世界を知っている人がマンガを描く。だから読者は手に汗握る。その世界にひたれる。でも、自分は中学生で人に伝えられるような世界観も人生経験もない。絵は描けば描くほどうまくなる。けれどマンガの面白さはストーリーだな、と思った。どんなに絵が上手でも、ストーリーが面白くなければば読んでもらえない。絵が上手なだけでは、一流のマンガ家にはなれない。そのことがわかった。

人が経験しないような世界をみて、初めて伝えられるものが出てくるのだと思った。大人じみているな、と思われるかもしれない。でも、本気でマンガ家になることを小学生のころから夢みてきた。悩んで、葛藤した末の解答だった。すごいと思うマンガとそうでないマンガを見比べて、自分なりに導き出した答えだった。

マンガのためのマンガは面白くない。作者に人生経験や世界観があって初めてマンガは面白くなる。中学生の自分にはそれがない。だったら、いまはやめたほうがいい。そしていまやめたら、きっともうマンガを描くこともないだろうと思った。大人になればいまあるマンガに対する情熱は消えてしまうだろう。漠然とだが、そんなふうに感じた。

こうして、わたしはマンガ家を目指すことを、中学3年生のときに断念した。以後、ペンをとったことは1度もない。

手塚治虫の偉大さから感じたことの影響があった。ふいに「医者か弁護士」という言葉を思い出したのだ。医者では手塚治虫と同じだ。そこで、弁護士になってマンガを描いたら面白いだろうな、と思った。でも大人になったら、絵を描くのはしんどそうだなと思った。マンガに興味をもてなくなるかもしれない。だから、弁護士で小説家みたいのになれたら、すごいなと思った。弁護士で小説家なんて、まだこの世の中には、だれもいないだろうと思った。じっさいにはいたのだけど。といっても強い想いではなかった。中学生が考えた、漠然とした感覚的な夢物語だった。

　漠然としたものだったが、いまでもよく覚えている。あのときの想いをいつか実現できないだろうか、という心のざわめきはその後もずっとあった。高校生になって音楽遊びみたいなことをしていたときも、大学に行って法律の勉強をしていたときも。そして司法試験に受かって弁護士になってからもである。その想いはどうしても消し去ることができない。

6
初めて出版した本

　これまで刊行した本（単著）の数は、本書で23冊になる。「いったい、いつ執筆をしているのですか」「なんでそんなにたくさん書けるのですか」といわれることがある。晩酌をする人は毎日お酒を飲んでいる時間があると思う。あるいは夜のお店などに行っている時間もあると思う。わたしはその時間に家で毎日執筆をしている。それだけだ。お酒は、体質上あまり飲めない。平日でも土日でもゴールデンウィークでも夏休みでも冬休みでも、原稿を進めない日は365日のなかでほとんどない。電車に乗るすきま時間も使っている。

本をたくさん出す方法について、USENラジオのビジネス・ステーションという番組（1時間番組）で、番組のテーマとして聞かれたことがある（2012年7月放送）。年に5冊程度の本を出すことは、それほど大変なことではない。コツコツと少しずつ書いていく。それだけだ。裁判所に税務訴訟で提出する準備書面などに比べれば、労力も比較的少ない。平易な言葉で自分のいいたいことをつづるのは、やみつきになる面もある。

「本を書きたい」という人は多いようだ。でも、「本を書きたい」という気持ちだけで本を書くことはできないと思う。執筆の機会を得ることができたとしても、強い目的意識をもたないとダメだ。そうしないと、書きたいことを書くだけで終わってしまうだろう。

本は商業出版として刊行する以上、それを購入して読む読者の知りたいことが書かれていなければならない。これまでもやもやしていたことが、すっきりと整理されるようなテーマをつきつけなければならない。直接得られるものはなかったとしても、その文章を読むことで気持ちよくなるものでなければならない。日常を忘れられるくらい、楽しい時間を与えられるストーリーがなければならない。お金を払って読んでいただく本を書く人が忘れてはならないことだ。

いろいろな種類の本があるので一概にはいえないが、いま市場に出ている本を読みもしないで本を書くのはやめたほうがよい。すでに存在している本よりも貧弱なものを書いても読みたいと思う人はいないからだ。少なくとも「わかりやすさ」や「切り口」など、なんらかの視点からみて「ありそうでなかった」「こういう本が読みたかった」といわれるようなものを書かなければならない。そうしないと、初版どまりで増刷もかからずに終わってしまうだろう。

わたしは、年間400冊以上の本をコンスタントに読んでいる。読書が好きなので、たんなる趣味だ。個人的に読者としては読む必要がない本でも、書き手の立場から読んでおいたほうがよい本には、目を通している。似たような本を書いてしまっては、読者に失礼だからだ。「類書を研究しなさい」と出版業界ではよくいわれる。わたしの場合は少し違う。ふだんからたくさん本を読むなかで「これは他にはないいな」と思うテーマがなんとなくわかっている。本を書くために、初めてそのジャンルの類書を研究するのではない。このテーマの本がないな、ということが日常の読書体験から感覚的にわかっている、という感じだ。「他にはない」という本で自分が書けるテーマをみつけると、1冊の本にすることを考える。

原稿は、自分のあたまにあることだけで書き終える。それから類書を読み、引用すべきがあれば引用する。読者のために次に読むべき本のフォローをするためだ。最近ではあえて本の引用や紹介をしないで書くこともある。本好きは1冊に「次に読むべき本」が紹介されていると嬉しくなる。読者の方に喜んでもらおうと、最初は引用を多く入れていた。するとネットのレビューなどで「本をたくさん読んでその知識を整理しただけ、という印象の本です」みたいなことを書かれた。まったく逆なんだけどな、と思った。そういうふうに読む人もいるのかと思い、最近は本の紹介を入れない本もつくっている。でも、今後どうするかはわからない。個人的には、中谷彰宏先生のように、一切他の本の引用がなく、著者自身の言葉だけで表現されている本も好きだ。齋藤孝先生のように、多くの先人の作品を紹介し引用するなかで著者の言葉がそえられている本も好きだ。引用されている本に触れることで、教養が深まるからだ。本好きには「自分が知らなかった本の存在を教えてもらえる」ことが喜びになる。

中谷彰宏先生はすでに本を900冊も書かれている。わたしはまだ20冊ちょっとである。齋藤孝先生も400冊以上の本を書かれているという。小説で大好きな松本清張も1000近い作品を残している。わたしも挑戦できるところまで挑戦し続けたい。

このように考えるようになったのは、本多静六の著書を読んだことが影響している。本多静六は、東京農科大学（現在の東京大学農学部）の教授で、日比谷公園の創設などにも関与した林学博士。「公園の父」とも呼ばれた大富豪だ。１００年近くまえの著作がいまでも残っている。そこに書かれている人生訓は大変勉強になる。特に感銘を受けたのは「１日１頁」の原稿執筆法というものだ。本多静六は、この方法を20代のときから実践して、85年の生涯で３７０冊余りの本を刊行した（本多静六『本多静六自伝　体験八十五年』（実業之日本社）参照）。

ちりも積もれば山となる。コツコツ少しずつでも、毎日書き続ければ本ができる。何冊も書ける力になる。司法修習生だったときに、指導担当の刑事裁判官から教わったアドバイスでもある。本多静六の本を読んだのは、弁護士になってからだ。弁護士になるまえの司法修習生の時代に、当時横浜地裁の部総括判事（裁判長）だった廣瀬健二先生からいわれたことがあった。「弁護士になると毎日忙しくなって、あっという間に時間が過ぎていくだろう。でも、１日10分でも30分でもいい。今日はもう寝ようと思っても、少し思いとどまって、何か１つの分野でいいから、勉強をしなさい。たくさんやらなくてもいいから、毎日やりなさい。コツコツ毎日続けていけば、それが5年、10年となれば、必ず１つの専門分野ができるぞ」

廣瀬先生のお言葉は執筆法の話ではないが、相通ずる考えだと思う。わたしがたくさん本を書き続けているのは、こうした考えを実践し続けているからだ。ブログやフェイスブックで書くのとは違う。出版社の存在あってのことである。とぎれることなく、多くの出版社から本の執筆依頼をいただいている。1度本を書いた出版社から、その後に別の本のオファーをいただいていることは、なお嬉しい。本を読んでくださる読者の方もいる。執筆できるのは、多くの方のおかげである。

「最初に書いた本は何ですか？」と聞かれることがある。2008年3月に刊行した『小説で読む民事訴訟法』（法学書院）が知られているが、じつはこれよりもまえに書いた本がある。2002年3月に刊行した本で『司法試験《サバイバルレース》を勝ち抜く合格術』（法学書院）という、司法試験の勉強法を1冊にまとめた本だった。これが最初に書いた本だ。増刷されることもなかったから、それほど売れていないと思う。記念すべき最初の1冊は、司法試験に合格したあとに書いた。

300頁近くの原稿は、わずか1か月で書き上げた。横書きで、ポイントが小さかったからかなりの文字数だった。いまのわたしの仕事量からすれば、大したことではない。当時は27歳。司法試験に合格したばかりだった。ろくに仕事もしたことがないなかで、初めての執筆（仕事）だった。幸いなことに合格して司法修習が始まるまえだった。時間がたくさんあった。この時間を使って1人で黙々と1冊の本（商品）を仕上げた。このことは大きな自信になった。

このときのわたしは弁護士になったら徹夜もあたりまえになるだろうからと、予行演習もかねて徹夜を何回もした。1時間睡眠くらいで書き続けた日もあった。いまに比べ文章力もなく、書くスピードも遅かった。必死になって集中して書いた。そこまでむきになる必要はなかったのだけど。でもこの経験が、いまの執筆生活につながっている。

7

必修科目である憲法・民法の単位を落としてしまった大学時代

合格率2%の旧司法試験に4回の受験で合格したのだから、大学時代からさぞかし勉強ができたのだろうと思われるかもしれない。

しかし、大学時代のわたしの成績はパッとしなかった。高校時代の成績が悲惨だったという話はすでにした。大学時代の成績のパッとしなさは、事情が違う。高校時代は、理数系の科目を中心に勉強する意欲が起きず、そもそも勉強をしていなかった。大学は法学部で、法律の勉強がメインだ。興味があり、勉強はしていた。

高校時代に勉強で失敗した苦い経験があった。高校卒業後に大学受験予備校に通っていた1年間は、遊ぶことなく毎日ひたすら勉強をしていた。午前中は横浜駅西口にある河合塾に行き、授業が終わると帰宅。家で昼飯を食べ、午後は夕食まで自分の部屋で勉強。気分転換のために、午後の1、2時間をラジオ放送を聴いて過ごすのが唯一の息抜きだった。西本淑子さんがパーソナリティをしていた番組が好きで、bayFMがお気に入りの局だった。ラジオを聴きながら少し昼寝の時間もとり入れていた。夕食後もお風呂の時間を除き、夜12時まで勉強という毎日を送っていた。

偏差値はぐんぐんと伸びた。わたしが勝負できる科目は3科目（英語、国語、日本史）のみ。私大文系専門だったが、模擬試験では70以上の偏差値をとれるようになった。結果、難関の上智大学法学部に合格することができた。法律の勉強をする意思は固まっていた。8校受けたが、ほとんど法学部を受験した。上智大学の法学部は偏差値が突出して高かったが、過去問を解くかぎり落ちる気がしなかった。どの年の問題でも8割近く正答できたからだ。本試験の当日も、英語の試験では30分くらい残して解き終えてしまった。残りの時間が退屈で机にうつぶせになり寝ていた。日本史は満点ではないかと思うほど、ほぼ完璧に解答できた。1浪を経てわたしは、1994年の春に上智大学法学部法律学科に入学した。

こういうと、もともとあたまがよかったんじゃないか、と思われるかもしれない。しかし試験問題には相性があると思う。わたしの第1希望は早稲田大学の法学部だったが、現役時代も、浪人時代も不合格だった。過去問を解いてもよい点がとれなかった。英語の問題は長文だらけで、選択肢も長かったからだ。立教大学の法学部の問題も得意なタイプではなかった。不合格だった。それ以外に受けた大学は合格していた。試験問題は大学ごとに傾向がある。偏差値だけでなく、相性もあるのではないかと思っている。

大学に入学したあとも勉強をした。法律の授業だけでなく、一般教養科目の授業もできるかぎり授業に出た。ノートをたくさん書いた。予習や復習も欠かさずにやった。とくに必修科目の憲法や民法では、指定されたテキストを毎回読み込んだ。たくさん勉強して、定期試験にのぞんだ。試験前になると「木山、ノート貸してよ」といわれた。朝一の授業には遅刻することも多かった。朝は昔から苦手だ。遅れて教室に入ったときでも、きちんと授業を聴いた。これでは真面目なのか不真面目なのかわからない。その程度であったとはいえる。

成績はよくなかった。大学1年生のときには必修科目の憲法の単位を落とした。2年生のときには必修科目の民法（債権各論）の単位を落とした。必修科目の単位を落としたままでは卒業ができない。翌年は下級生にまじって、授業を受け直した。そして、学年末にもう1度、定期試験を受けることになった。正直、これほどの屈辱はなかった。まわりの友達はふだんはサークル活動などにあけくれている。授業にも出てこない。出欠はとられないから、成績には一切反映されない。成績は1発試験のみで判定された。試験前になるとわたしのノートを借りるくらいなのに、成績はBくらいは取る。

仲のいい友達で単位を落とした人は1人もいなかった。勉強仲間ではなく遊び仲間だったのだけど。それなのにわたしは必修科目の単位を2つも落とした。みんなにばかにされ、笑いのタネにされた。高校時代の数学のように勉強していないのなら、文句はいえない。しかし、憲法も民法も勉強していたのだ。勉強量では平均以上だったはずだ。それなのに単位を落とした。落とさなかった法律科目でもAがつくことは少なく、よくてBどまり。悲しいことにCが多かった。AからCの3段階評価でだ。

なぜ憲法と民法の単位を落としたのか。いまでは、なんとなくわかる。試験問題や答案に書いた内容はまったく覚えていない。でも、ふだん勉強していない人でも通過できる学部試験をパスできなかったのは、①知識のつめこみすぎと、②アウトプットの技術の欠如、おそらくこの2つだ。

まず、①知識のつめこみすぎ。これは浪人時代に暗記中心の勉強をしていたから、それをそのまま法学部の試験でもやろうとしてしまった、ということだ。大学受験は国語をのぞけば、ほとんどが事前の知識で得点がもらえる。英語であれば、その場で英文を読むのが、英単語やイディオムの知識があればすらすらと読める。解答もスムーズにできる。日本史などは、教科書3冊くらいを丸暗記してしまえば高得点をとれる。そういう勉強をしていた。大学に入学したあとも、とにかく出てくる判例や条文の知識を覚えよう、覚えようという勉強をしてしまった。

覚えることはわるくはない。基本知識は覚える必要がある。しかし覚えることに重点を置くと弊害がでる。自分が覚えたことを、試験で吐き出したくなるのだ。これだけ勉強したのだから、これだけ覚えたのだから、という思いがこみあげてくる。それで問題文で聞かれていないことをたくさん書いてしまった。これだけ勉強したんですよ、これだけ知識があるんですよ、とアピールするかのごとく。法律の試験では、問題文にある事例をどのように解決するかが問われている。それを授業で習った知識を使いながら、論理的に処理する必要がある。知識だけで勝負するものではない。聞かれていないことに答えると、印象をわるくする。そういうことを知らなかった。

もう1つが、②アウトプットの技術の欠如である。法律の試験では事例問題が出されて、論文形式で解答することが求められた。大学受験までの勉強とは違った。授業では、なにを、どのような順序で、どのように書くべきかについて、教えてもらえなかった。算数や数学でいえば、演習問題を授業でまったくやらずに、算数の公式や数学の理論だけを習うのと同じだ。どういうわけか法学部の授業では、論文の書き方や、法律の使い方といったアウトプットの技術は、教えてもらえない。学生が個人の力で磨き上げるしかない。そこで、文章力のある人や論理的なセンスのある人は、少ない知識でも上手に解答をまとめて点数がもらえる。

大学1年生、2年生のときに、必修科目の単位を2つも落とした。でもここで失敗したおかげで、法律の勉強をなめずに済んだ。大学3年生の4月から、わかりやすいと評判だった司法試験予備校（LEC東京リーガルマインド）に通うことにした。ちょっと勉強したくらいで、学部の成績が優秀だったとすれば、高い学費を親に払ってもらってまで予備校に通うことはなかったと思う。ダブルスクールをすることなどせずに、独学で勉強していたかもしれない。予備校では、法律の勉強の仕方や論文の書き方を、教えてもらった。通ってよかったと思っている。

司法試験予備校での成績は、当初から良かった。基礎的なことをきちんと勉強した人であれば、得点がとれるような確認テスト、論文問題が多かったからだ。

司法試験予備校での勉強は、順調に進んでいった。最初の司法試験で1発合格することを自分のなかで決めた。手帳に「98年　司法試験合格！」と書いた。自宅の部屋の机のまえの壁にも、同じように「98年　絶対に司法試験合格」と書いた。結局このあと、この貼紙は2001年の合格まで、毎年更新されることになった。

8
マークシート式の択一試験にはコツがある？

わたしは旧司法試験に4回目の受験で最終合格した。当時の合格者の平均受験回数は5回を超えていた。まわりをみても、6回以上受けている人のほうが多いくらいだった。比較的早く受かることができたといえる。

司法試験の受験を決意した大学3年生の春にわたしが立てたプランは「絶対に1発合格」だった。合格率2％、合格者の平均受験回数が5回以上の超難関の試験を受けようとしているのに、本気で1発合格を果たすことを考えていた。

当時の司法試験予備校のカリキュラムは、2年間、司法試験に合格するための講座を受講し、それから司法試験を受けるというものだった。この2年間に、アウトプットとしての論文を書くことも行う。毎回点数つきで添削もしてもらえる。その得点について毎回、全体のなかの順位も公表される。上位の成績者は名前が順位表に掲載され、優秀答案はコピーが配られた。大学3年生から4年生の2年間は、予備校の講義を受け、大学を卒業してすぐの5月に、司法試験（択一試験）を受けるプランをたてた。

わたしは1回で合格して優秀な法律家として活躍したいと、将来を思い描いていた。絶対にそのとおりにしてみせると意気込み、勉強をしていた。予備校での成績はよかった。優秀者は名前が載るのだが、ほぼ毎回名前が載っていた。名前が載らない回があると、気分がわるくなった。

LECの入門講座（岩崎茂雄先生）はとてもわかりやすかった。完全にマスターできるよう、毎回予習をして講義にのぞんだ。といっても、講義はビデオクラスだった。受験時代に岩崎先生にお会いしたことはない。ご縁があり、たまたま一昨年ご挨拶をさせてもらう機会があり初めてお会いした。

予備校の講義ではとくに復習が大事だといわれた。復習の時間をたくさんとるようにした。講義が終わると、その日のうちに自宅で必ずテキスト全部を読み返した。大学とのダブルスクールだ。夜の時間の講義で、終わると午後9時を過ぎていた。大学に通う電車のなかや大学の図書館などで、テキストを繰り返し読んだ。そこに登場する法律用語をかたっぱしから覚えていった。法律用語や法律の要件などを、あたまのなかで何度も暗唱した。基礎知識は理解するだけでなく、覚えないとダメだと思う。覚えるというのは、質問をされたらその場で説明できるという状態のことだ。すらすらと答えられるのは、そこには最低限の記憶があるはずだからだ。しんどい作業だったが、基礎づくりとしてよかった。

予備校の司法試験講座は順調だった。「1発合格」に向け、38度の熱があっても夜のビデオクラスを受講した。大学4年生の後半に択一試験の講座になったころから、この試験のむずかしさ、大変さをようやく痛感することになる。

当時の司法試験の択一試験は、3時間30分で60問を解くというものだった。憲法、民法、刑法の3科目からそれぞれ20問の出題があり、7割くらいの得点（42点くらい）をとれば合格できるという試験だった。すべて択一式で、5つの肢から正解を1つ選び、マークシートにマークするものだった。記述や論述をする必要は一切ない試験だった。その年の難易度によって合格点は変わった。40点〜48点くらいの幅があった。受験者全体のなかで上位20％以内くらいに入らないと受からない試験だった。

予備校で習ったことをきちんと理解して覚えれば、7割くらいの正答はできるだろうと、安易に考えていた。実際は違った。択一試験は合格しても、次の論文試験で不合格になると、翌年もう1度最初から受けなおさなければならないという、おそろしいシステムになっていた。わたしが初めて受けようとしていた試験は、過去に合格したことがある人がたくさん受けている試験だったのだ。彼らは「合格経験者」と呼ばれていた。択一試験に5回も7回も、へたしたら10回以上も合格した経験がある人もいた。そのなかで上位20％に入る。そのことがいかに大変なことか、予備校の模試を受けて初めてわかった。現在の司法試験は5年以内に3回という回数制限を設けている。ベテラン受験生と戦わなくていい制度だ。若くて勉強に熱意のある学生が余計な消耗戦を強いられないですむ。この点では意義があると思う。

それなりには勉強をしていたから、それなりには解ける。しかし毎回「あと2点」くらいのところで、不合格点になった。模擬試験では合格推定点というボーダーラインが示された。それを下回ると、判定としては不合格になる。1月以降に毎週のように週末に受けた模擬試験では、1度も合格推定点をとることができず、最初の択一試験に合格することはできなかった。模試で続いた「あと2点」が、本試験でも同じようにでた。「あと2点」(自己採点)で散る結果となった。「あと1点、あと2点、惜しかった」というのは、野球やサッカーなどのプロスポーツの試合では、なんの慰めにもならない。それだけ実力が足りないという証拠である。そこで足りない何かをさらに研究して自己研鑽をする人は、そこで学んだことをエネルギーにして大きく成長する。惜しかったことばかり強調する人には、その後の成長はない。ほんとうは、惜しくなどないからだ。実力どおりに負けた。不合格になった。それだけだ。

択一試験は適当にマークしても正解になることがある。それだけをみると、むずかしい試験ではないようにも思える。しかしこの試験の受験者のレベルはハンパではなかった。予備校の模試を受け、帰宅して自己採点をするたびに「あと2点」が続いたときには、この試験には永久に合格できないのではないかと思った。全身の力が抜け、身体が震えた。口のなかがカラカラになり、声も出ないくらいの無力感におそわれた。

結局、「絶対に1発合格」と決めていたのに、択一試験も合格できずに1回目の受験は終わった。択一試験に受かった人が論文の答案練習会を予備校の教室で受けているのを廊下の窓からながめたときなどは、悔しい想いがこみあげてきた。

翌年の2回目の受験では、択一試験に合格することができた。しかし、体調もわるいなかでの受験となった。数日まえから吐き気がして食事がとれなくなっていた。そんななかで、試験当日に発熱してしまった。38度あった。試験当日の朝に母がユンケルを買ってきてくれた。これまで飲んだことが一度もないユンケルというものを試験当日に飲んで大丈夫なのかと迷った挙句、飲むのはやめた。試験会場では万が一倒れそうになったら手を挙げて試験官を呼ぼう、そのときはジ・エンドだが、身体のほうが大事だから仕方ないと考えた。そんなコンディションだった。さらに運わるく試験会場の近くでガス爆発事故があった。試験の途中から上空をヘリコプターが爆音を上げて旋回し、近くでは消防車や救急車のサイレンが鳴り響いた。あまりに外がうるさいので試験官が気を使って窓を全部しめてくれた。5月でまだクーラーが入っていなかったので、猛烈な暑さとなった。ただでさえ倒れそうな体調なのに、まわりの環境までうるさい、暑い、という最悪の事態になった。さらにこの年は「刑法がありえないくらいにむずかしい年」だった。問題を解いていても、さっぱり先に進まない。体調と環境のせいだと思っていたが、あとから問題そのものが非常にむずかしかったことがわかった。合格点は例年以上に低く、40点くらいだった。

こうした環境で2回目の受験をしたわたしは、途中でヤケクソになった。火事場のくそ力という言葉がある。まさに火事が近くで起きているなかだ。体調がわるすぎて気力もない。問題もむずかしすぎる。そこで、途中から、答えさえ出ればいい、という方針をとることにしたのだ。ふだんはていねいに問題文を読み、肢の1つひとつを丹念に検討していた。時間をかけて答えていた。しかし悠長なことをしている環境ではない。できるかぎり最短距離にした。答えらしきものがでたら、それ以上は読まずに次の問題に進む。そういう方針を採用した。くらくらしながら、ぼろぼろになりながら択一試験を終えた。

帰宅すると、新聞の夕刊がポストにあった。試験を受けた会場近くの工場でガス爆発が起きたことが、1面トップで写真つきで出ていた。ああ、これだったのか、と思った。なんとついていないのだろう、と思った。こんなことが世の中にあるのかと思った。もちろん同じ慶應大学（三田キャンパス）で受験した人はみんな同じような目にあったのだろうけど、わたしの教室が特に現場近くだった可能性もある。何より、発熱して体調がわるいという自分のコンディションに、さらに追い討ちをかけられたのだ。

自分の人生はそれまでは、それほどわるいことはなかった。しかし、このころから、予想もできないような不運に多く遭遇するようになる。体調が最悪だったので自己採点もせずに、ベッドに入った。明け方になって、とつぜん目が覚めた。自分が落ちているはずがない、という気持ちがわき起こってきた。前の年は模試ですら合格点をとれなかった。この年は模試では半分くらいの回数で合格点をとることができていた。何より直前にものすごいスパートをかけて過去問を解いた。これだけやったのだから落ちるわけがないだろうと思った。

こうして明け方に起きると、予備校の解答速報をみて自己採点を始めた。マークシートへのマークを間違えないかぎり、自己採点どおりの得点だったといえる。ほぼ正確に得点がわかる。憲法、民法、刑法の順番に採点をしていった。

2つ目の民法を採点しだしたところで、手が震えてきた。3科目のなかで1番苦手だった民法で正答が続いたからである。20問目まで来て、やったぞ、と思った。なんと全問正解だったのである。苦手だった民法で、模擬試験ですらとったことがない満点（20点）がとれた。もっとも、後にこの速報の正答は1問、予備校によって答えが割れたものがあることがわかった。

それがあって最終的には19点だったようだ。いずれにしても高得点だった。むずかしかった刑法ではあまり点がとれなかったけれど、民法で高得点をとれた。全体で合格推定点は優に超えていた。受かった。択一試験にやっと受かることができた。

このときに学んだことがある。マークシート式の試験では、答えを出しさえすればよい、ということだ。ゲームのようなものである。問題文に書いていることすべてにおつきあいして熟読する必要はない。その場ですべての肢について、ああでもない、こうでもないと考えていたら、時間が足りなくなってしまう。

わたしはたまたま、体調と試験現場での環境のひどさから、最短距離で解答する方針をとらざるを得なくなった。これが功を奏した。以後、翌年（3回目）も、その次の年（4回目）も択一試験に落ちることはなかった。答えが出ればいい、しょせん点数だけで評価される試験に過ぎないのだ、と割り切って解けるようになったからだ。

9 自分の言葉が活字になる喜び

小学生のころにマンガ家を目指していたという話をした。わたしが小学生のころに読んでいたマンガは、当時小学生の間で流行っていた「週刊少年ジャンプ」で連載していたものが多い。『キン肉マン』(ゆでたまご著)、『キャプテン翼』(高橋陽一著)、『ドクタースランプ』(鳥山明著)などに、小学3、4年生ころにはまっていた。コミックを全巻買って、本棚に1巻から順番にそろえるのも好きだった。1回だけでなく何度も読み返し、空想の世界にひたっていた。ジャンプで連載していたマンガでとくに衝撃的だったのが『ジョジョの奇妙な冒険』(荒木飛呂彦著)

だった。新連載の第1話を読んだだけで、この物語と絵の魅力にとりつかれてしまった。高校2年生くらいで「週刊少年ジャンプ」は卒業したので続きは読んでいなかった。20年ほどたった最近になってから急にまた読みたくなり『ジョジョ』の文庫版を全巻（購入時現在で70巻）を買いそろえ改めて読んだ。大人が読んでも面白かった。

最初にわたしがはまったマンガ家は、藤子不二雄だった。最初に自分で集めたコミックは『忍者ハットリくん』だ。アニメ放送は流行っていたが、『忍者ハットリくん』をコミックで読んでいる人はみかけなかった。小学1、2年生では、マンガといっても吹き出しの文字を十分に読めないからだ。何かの機会に、本屋で『忍者ハットリくん』を母に買ってもらった。テレビでやっているハットリくんだから、という理由で買ってもらったのだと思う。内容も面白かったが、それ以上に雰囲気が楽しかった。コミックを本棚に並べて、背表紙をながめた。表紙カバーの絵を何度もみた。カバーをとってなかにある表紙の絵をみた。パラパラめくってみる。自分だけの本だ。「大人の感覚」にひたれるような気がして、わくわくした。これをきっかけに2巻、3巻と『忍者ハットリくん』をそろえた。新しい巻が発売になるころになると、近所の本屋に1人で360円を握りしめて買いに行った。最新刊をみつけて購入したあとの、家まで帰るときの高揚感はたまらなかった。大人になったいまでは味わえない、独特などきどき感があった。もう最新刊が出ているだろうと思って本屋に行ったのに「まだ出ていないよ」とお店の人にいわれたときには、がっかりした。

高校1、2年生くらいまでは、マンガにはまっていた。逆に、活字だけの本を読むことは、マンガに比べるとあまりなかった。大人になってから読書好きになった。いまに比べると、小学生のころは全然本を読んでいなかった。2008年に刊行した『弁護士が書いた究極の読書術』（法学書院）には、いまは年間400冊くらい本を読むけれど、子どものころ（学生のころも含む）は、ほとんど本を読まなかったと書いた。

『究極の読書術』を出すと、母から「泰嗣《ひろつぐ》には小さいころ、たくさん絵本を読んであげたもんね」といわれた。不思議なものだ。自分が子どものころに過ごした生活や、やっていたことは、だれもが同じように経験しているものと思ってしまう。たしかに、毎晩寝る前にふとんで母から絵本を読んでもらっていた。小学校低学年くらいまでだったと思う。絵本が大好きだった。その体験がいまにつながっている面はあるのかもしれない。

小学生のころ、マンガクラブに入っていたという話はすでにした。「クラブ」のほかに、クラスのなかで何かの役割を分担する「係《かかり》」もあった。わたしは「新聞係」をしていた。5、6人くらいのメンバーがいて、編集長もいた。それぞれが記事を書き、編集長がまとめる。それをプリントしたものをクラス全員に配るのだ。ワープロやパソコンも普及していない時代だ。それえんぴつで手書きしてそれをプリントした。編集長をやっていた頭のいい児童がてきぱきと、毎回、担当者（記者）にコマ割をつくって渡す。そのコマのなかに記事を書くというものだった。わたしは「心霊班」だった。「班」といっても、一人である。おばけの話を連載していた。マンガではない。文章だけでつくった物語だった。夏になると流行ったのが怪談だ。自分で考えて、続きもので書いていた。思うがままに空想して文章にした。新聞係は、クラス替えのない5年生から6年生まで、同じメンバーで続けていたと思う。クラスでも人気があり、そのためかなりの号数が出た。

わたしはひたすら、おばけの話を書いていた。ほかの人の書いた記事に比べると、異色だった。クラスの人や先生への取材・インタビューなどは一切していない記事だからである。だれが読んでくれているのかも、まったくわからなかった。だれも読んでくれていないかもしれない、とも思っていた。ところが、ある日、クラスの女の子に「きんちゃんが書いてるおばけのお話、いつも読んでるよ。続きが楽しみなんだ」みたいなことを、いわれた。あたまもよくて、かわいい子だった。「そうなんだ。ありがとう」くらいしか答えられなかったが、飛び上がるほど嬉しかった。だれも読んでいないかもしれないと思っていた、自己満足のおばけ話を楽しみに読んでくれている読者がいた。しかも、あの○○さんだ。わたしが最初にリアルに感じることができた読者の1人だった。

わたしがおばけの話を書いていたのは、おばけが好きだったからだ。いまと比べると大量に本を読むことはなかったが、思い返してみるとそれなりに読んでいた本がある。おばけの話が大好きで、母とでかける機会があると、本屋でおばけの話、怪談、幽霊の話のようなものをよく買ってもらった。小学3、4年生くらいから、江戸川乱歩の『少年探偵団』シリーズ（ポプラ社）にはまった。全巻ではないけれどそれに近いくらいそろえた。『マガーク少年探偵団』（あかね書房）という探偵ものも好きだった。翻訳もので、イラストが楽しげで躍動的な本だった。図書館で借りたり、親に買ってもらったりした。この2つのシリーズの影響を受けて、探偵小説みたいなものを書いたこともある。プロットもオチもなにも考えずに、思うがままに書いた。それでもかなりの量が書けてしまった。いきあたりばったりの文章だ。できあがってから読んでみると、いろいろ考えて書いたかのように読めた。大人になっていろいろ本を書いているけれど、このころの書き方と根本は変わっていない。まえもって考えずに、いきなり書き始めるのだ。書きながら考える。書き出せば自然に文章が出てくる、という感じである。

小学生のころに、あこがれていたことがある。自分の書いた作品が、いつか活字になることだ。新聞係のおばけ話の連載は楽しかった。でも活字ではなかった。自分の手書きの字がプリントされるものだった。それを自分でみるのは恥ずかしかった。本屋に売っている本のように、毎日家に届く新聞のように、きちんとした活字にしてもらいたい。それがわたしのあこがれであり、夢だった。プロ野球選手になれたらいいな、というのと同じくらいのありえない夢物語だった。一生かなわないだろうと思っていたのに、いまはたくさんの本を書いているから不思議である。

いまは、パソコンも携帯もある時代だ。何でも活字である。活字そのものの価値はなくなってきた。逆にみる機会が少なくなった手書きの文字に価値が出てきたのかもしれない。最近は本のカバーやタイトルが手書き風の文字になっている。そういう本をみると、わたしもカバーやタイトルに手書き文字がある本を出したいな、と思ってしまう。おかしなものだ。

10

ボードゲームのルールなど説明書を読むのが好きだった

高校時代に法律に興味をもったが、どうやって勉強をしてよいかわからなかった。数学者になる人は、小学1年生のころから、授業で算数に親しんでいる。科学者になる人にとっても小学1年生から理科がある。中学、高校になれば、さらに細分化した専門的な科目としての教科書があり、授業がある。興味がある学生は、自分の日常のなかにそれを見出し、進路を選ぶことができる。

法律に興味がある人は、大学になるまで法律科目を勉強する機会がない。本格的に法律を勉強するためには、大学受験のときに、学んだことがない「法律」を専門的に学ぶための学部（法学部）を選ぶ必要がある。社会に出ると、法律ほど重要なものはない。それなのに日本では、法律学を大学になるまで勉強させてもらえない。

法律に資質がある人は、大学に行くまでその資質を引き出す機会がない。法学部を選ばなかった場合には、その後に弁護士をはじめ司法書士や行政書士、社会保険労務士などの資格試験の受験を目指し、予備校などで自ら勉強を始める。そのときまで、別のことに時間をとられる。もちろん幅広い教養は必要だ。「法律学は大人の学問である」と昔からいわれている。大人になって初めてわかる高尚な学問だということらしい。しかし、では、数学や化学、物理などはどうなのか。小学生からその基礎科目である算数や理科は厳然と存在している。算数の計算は社会で役に立つ。しかしそれ以上のものや、理数系の細かい法則や算式は正直、専門にしない人にとっては役に立たない。

わたしはこのことに疑問をもち、高校2年生のころに、機械工学部（理工学部）出身でエンジニアだった父に聞いてみたことがある。「数学や化学、物理で習う知識は、社会に出たら使うものなの？」「なんで、こんなに意味不明なことを勉強しなければいけないの？」と。それに対して、父は率直に答えてくれた。「泰嗣《ひろつぐ》がいうように、その専門に進まないかぎりは、高校で習う数学や化学、物理の知識は、社会で使うことはないよ。直接役に立つ場面はないだろう。でも若いときは、そういう勉強をすることも大事なんだ。あたまをやっこくし、思考をすることが必要だからね。思考の訓練のためにあるんだよ」と。やはりそうかと思った。それで興味のもてない理数系の科目は、一切勉強しないことにした。思考のトレーニングであれば、ほかにいくらでもやりようがあると思ったからだ。数学の定期試験では、120点満点で4点をとったことがある。全部、ゼロと書いて1問か2問だけ合っていたのだ。高校2年生で必修だった「基礎解析」「代数幾何」という意味不明な科目は、教科書すらまったく読まなかった。試験前も勉強しなかった。大人になっても使うことのない意味不明な計算などしていたら、時間の浪費になると思ったからだ。

法律を勉強したいという意欲は、漠然とだが芽生え始めていた。理解はできなかったけれど、思想系や哲学系の本などは好んで読み漁った。数学のような社会との接点を感じられない数式での論理には興味がもてなかった。言葉で社会にあることに即したことがらを整理し、理論を構築する論理には興味をもった。ただし高校生が学べるような法律の本は、みつけることができなかった。代わりに思想系や哲学系の本を読んだ。図書館でレーニンや孔子など、思想家シリーズの本を借りて読み漁った。いま思うとよほど変わった高校生だったと思う。言葉をあやつって、抽象的な世界を展開することに惹かれていた。進路を選ぶときには、哲学を学ぶために文学部に行こうかとも迷った。言葉の美しさや不思議さのとりこになり、将来はコピーライターのような仕事をしたいと思ったこともあった。

ただ、大学を卒業した後には就職がある。社会で活躍できる仕事に結びつくことを勉強しなければいけない、という直感があった。それでやはり実学だと思い、法学部に行くことを決めた。

高校時代は、将来専門にすることになるものと違うものを学校で学ばされていたことになる。苦痛だったのは仕方がないかと思う。もちろん、すべての人が専門をもつわけではない。これまではジェネラリスト（総合力で勝負をする人）のほうがビジネスマンには多かったのかもしれない。満遍なくいろいろな科目を学ぶ学校教育にも、意味があるのだろう。

小学校の高学年になると、社会科で、日本国憲法なども少し勉強した。中学生では公民という科目があった。少しだけだが、民法の均分相続なども学ぶ機会があった。法律の勉強がまったく登場しなかったわけではない。

ただ、社会や公民という科目は漠然とし過ぎていた。数学の先生が数学を教えるように、法律は法律の先生が教えないと意味がないと思う。法律は社会一般の人が思っているような、覚えればよいという学問では決してない。法律的なものの考え方がきわめて重要な科目だからだ。

でも逆に、法律という科目が高校の授業にあったら、嫌いな人にとっては苦痛かもしれない。わたしが高校時代に味わった数学と同じだ。このことは大人になって知ったことだが、世の中で活躍している人には、高校生のころに数学が大嫌いで悩んでいた人が意外と多い。なかには高校時代に学校の勉強そのものを放棄して自分のやりたいことをやっていたという人物もいる。名前を聞けばだれでも知っているような人たちだ。高校時代に学校の勉強に興味がもてずに勉強しなかったことは、あながちおかしなことではなかったのかもしれない。

話は変わるが小学生のころ、ボードゲームが大好きだった。自分でつくったこともある。市販のボードゲームもかたっぱしから買い集めた。友達を呼んで遊んだり、1人で3人分くらい分担したりして遊んでいた。

ボードゲームで遊ぶためには、まず説明書を読んでゲームのルールを知る必要がある。わたしは説明書を読むのが大好きだった。新しいボードゲームを買うと、真っ先に説明書を熟読した。読みながら自分でコマを動かしたり、カードを切ったり配ったりした。こうしてルールに基づいたゲームの運用法を、1人試した。

当時流行っていたガンプラ（ガンダムのプラモデル）も大量に買って、1人でつくっていた。つくり方はやはり箱の中に入っている取扱説明書を読まないとわからない。プラモデルの説明書はとてもよくできていた。文章や言葉はほとんどなく、イラスト（絵）と番号でつくる手順を的確に伝えている。こうした文章をほとんどつかわない情報伝達手段からも、学ぶべきことがありそうだ。

説明書は、言葉で書かれている。「こうやるんですよ」と語りかけてくれることはない。それなのにパッと読んで、すぐに内容が理解できた。ルールは、読んですぐに理解できるものでなければならない。法律もそうあるべきだと思う。しかし法律は、裁判官、検察官、弁護士、税理士、司法書士、行政書士など、さまざまな専門家のメシの種になるほど、複雑で難解だ。だからこそ、わかりやすい文章を書ける人、わかりやすい説明ができる人、わかりやすい本が書ける人が必要になるのだろう。

ボードゲームをしてわからないことが出てきたときには、説明書を繰った。これは六法を読む作業に似ている。後付けの話だが、もともとルールが好きで法律に向いていたのだと、自分に言い聞かせることがある。ただし、苦労をした経験、うまくいかなかった経験、嫌いなもの（向かないもの）に出会った経験も、人生の幅を広げるエネルギーにはなった。いまだにこうして、数学の文句ばかり書いているのだから。

11
税務訴訟とは？

わたしは税務に関する法律問題を専門にしている。弁護士というと、刑事事件での被告人の弁護活動がまっさきに浮かぶことが多いようだ。「罪を犯した人の弁護をするのはどうなのか」といわれることがある。「相続や離婚などドロドロした紛争に巻き込まれるのは、精神的につらくないですか」と心配までしてくださる方もいる。たしかに大変な面はあると思う。けれど、おそらく多くの弁護士は、報酬の対価として取り組んでいる。代理人といっても、あくまで第三者としてドライに関与しているはずだ。もちろんそうでない事件もあるだろうし、そうでない弁護士もいるだろうけど。

わたしの場合は、所属事務所で担当している事件のほぼ１００％が、税務に関する事件だ。税務というと「脱税犯の弁護ですか」といわれることもある。これは違う。脱税は「偽りその他不正の行為」をして、意図的に税逃れをする犯罪行為である。脱税事件を弁護士が担当するといったら、脱税をした疑いで逮捕された被疑者（容疑者）の弁護活動や、起訴された被告人の弁護活動を意味する。ちなみに脱税事件の有罪率は毎年ほとんど１００％である。

わたしが担当しているのは脱税事件ではなく、行政訴訟だ。所轄の税務署や国税局から税務調査が入った企業や個人が、追徴課税を受けることがある。「申告漏れ」や「見解の相違」などと、新聞でも報道されているものだ。追徴課税は脱税とは違う。あくまで行政処分である。税務署や国税局のいうとおりに修正申告をして、税金を追加で納める納税者も多い。これも追徴課税である。ただし、行政不服申立てや税務訴訟（裁判）を行う場合は、修正申告をするのではなく、更正処分などの行政処分を受け、その取消しを求めて争うのが通常だ。

専門的な話なので、わかりにくかったかもしれない。根本的な争いは「法律の解釈」をめぐる「見解の相違」である。租税法学者や実務家からみても、意見が二分するようなむずかしい法律の解釈問題がある。税金をたくさん取りたい課税庁（税務署や国税局など）からすると、それは課税すべきものとなる。税金を必要以上に取られたくない納税者（国民）からすると、それは課税すべきでないものとなる。

法律で明確に書いてあるんじゃないの、と思われるかもしれない。明確に書いてあるものについては、そもそも争いにならない（争っても勝てない）。そうではなく、法律上の条文の規定振りからはどちらにも読める、そういうものが争いになり、裁判で決着をみることになる。とくに最近は「通達課税」が問題になることが多い。憲法84条に大原則がある。税金は、国民の代表者である国会議員で構成される国会で議決されたもの、つまり「法律」で定めなければならない。これを「租税法律主義」という。「代表なくして課税なし」という言葉がある。近代民主主義の萌芽とともに「国王から課税権を奪う」かたちで、西欧で確立された概念だ。「税金を取る側が税金を決めるのではなく、取られる側である国民に決めさせる」というものだ。ところがじっさいには、法律ではない「通達」（国税庁長官が出すもの）に、詳細なことが書かれている。これを根拠に追徴課税がされることがある。しかし「通達」は「法律」ではない。こうなったときに、裁判所は「法律」をベースに解釈をする。課税庁は自分たちの内部ルールである「通達」でものをみる。そこに対立が生まれる。２０１２年の3月には、こうした通達の規定で課税をした処分が裁判所に違法だと判断された（東京地裁平成24年3月2日判決。その後、東京高裁平成25年2月28日判決でも同様の判決が言い渡されて、確定した）。この事件では約50億円の課税処分が取り消されたと報道されている。こういった争いが、わたしの専門分野である税務訴訟だ。

とくにここ数年、税務訴訟の最高裁判決が報道された例は少なくない。それは最高裁が金額の多寡や影響の大小を問わず、積極的に課税庁（国）が行った追徴課税を違法だと判断する例が増えてきたからである。２０１１年には武富士事件最高裁判決があった（最高裁平成23年2月18日第二小法廷判決）。

有名な消費者金融の会社だが、その元会長が行った外国株式の贈与について、日本の相続税法が適用されるか（贈与税が課税されるか）が争われた事件だ。相続税法によれば、住所がどこであるかによって解決をみることになる。贈与を受けた人の住所が日本にあるのなら追徴課税は「適法」になる。住所が香港（国外）なら追徴課税は「違法」になる。

第1審判決は住所が香港（国外）だとして追徴課税を違法と判断した（東京地裁平成19年5月

23日判決）。しかし控訴審では住所は日本だとして、追徴課税を適法と判断した（東京高裁平成20年1月23日判決）。そして最高裁は住所は香港（国外）だとして追徴課税を違法と判断した（最高裁平成23年2月18日第二小法廷判決）。還付された税額（返還される税額）は、還付加算金（利息のようなもの）も含め約2000億円と報道され話題になった。これだけをみると、国税が2000億円もの税金を返還するミスをした事件だと思うかもしれない。じっさいそういうことをいう方もいる。

しかし裁判の争点は、純粋に「法律の解釈」であった。住所の判定基準である。相続税法には「住所」の定義規定も、判断基準も書かれていない。こういう場合には、民法などの一般法にある概念をそのまま使う（借用する）のが一般的な考えだ。これを「借用《しゃくよう》概念」といい、同じ意味と解すべきとする考え方を「統一説」という。統一説が判例であり、通説である。

民法では、住所とは「生活の本拠」をいう。公職選挙法の住所が争われた事件でも、民法と同じだとする判例が過去にある。このとおりに考えると、香港に生活の実態があった以上は、住所は香港（国外）になる。これが最高裁および第1審判決の考え方だ。これに対して、（海外に住所を移すことによる）租税回避の意図も「住所」を判定するにあたって考慮すべきだという考えが、課税庁（国）の主張で、控訴審判決だった。最高裁判決では、須藤正彦裁判官が補足意見を述べた。国民感情からは租税回避を許容しがたいのは理解できるが、租税法律主義という大原則がある以上、法律の定めどおり、住所は生活の本拠がどこかで考えるべきという意見だった。問題はそれによって２０００億円という巨額の税金が失われてしまうことだ。しかしそもそも間違った課税処分をしたほうがわるいのであって、金額の問題ではない。租税回避がけしからんというのであれば、法改正をすべきだとした最高裁判決は、法理論として筋が通っている。

こんな事件もあった。２０１０年の7月に出た最高裁判決だ。長崎の主婦が争った年金二重課税事件である（最高裁平成22年7月6日第三小法廷判決）。新聞でも大きく報道され、一時期話題になった。「長崎年金事件」「長崎二重課税事件」などと呼ばれている。

訴訟を提起したのはわずか１人だった。しかしこの事件の最高裁判決が出た結果、同じような課税をされていた人たちの税金の還付も行われることになった。法改正により5年の時効の壁もとりはらわれ、過去10年分について還付を行う措置がとられた。報道によれば、２０１２年6月現在で還付された総額１６０億円といわれている。事件の訴額（訴訟で求める経済的利益、つまり還付を求めた税額）は、わずか2万円ほどだ。しかし生じた結果のインパクトはすさまじい。

それだけでない。争点になった「法律の解釈」は、所得税法9条1項15号（現行法では16号）という規定にある。すでに相続税を課したものについては、所得税を課さないという「非課税規定」だ。同じ納税者に対して、同じ経済価値をもつものに対して、相続税と所得税を課すのは「二重課税」になる。これを防止するための規定だと最高裁判決は判示した。二重課税の防止というのは、わかりやすい。

問題になったのは、年金特約付き生命保険というものだ。30年ほどまえから保険会社の商品として存在していた。保険契約者（被保険者）の死亡によって、受取人である遺族の奥さんが保険金を受け取る。そのとき年金特約の部分については、10年にわたり毎年200万円というようなかたちで、年金のようにお金をもらうことができることになっていた。これに対する税金は、課税庁（国）の見解によればこうだった。まず、いったん保険金だけでなく、年金を受給する権利（年金受給権）に対しても相続税が課される。これは相続税法上そのように定められている。さらに毎年年金を受け取るたびにその200万円について所得税が課される、というものだった。

しかし、所得税法9条1項15号の規定によれば、相続税が課されたものには所得税は課さないとある。これが適用されれば、少なくとも1回目に受け取った年金については「経済的価値の同一」のものに対して、相続税と所得税を二重に課税することになってしまう。そこで、所得税法9条1項15号が適用され、非課税になる。最高裁はそういう判断をした。理論的にはあたりまえのように思われるかもしれない。しかしそれはこれまで30年以上にわたって、年金を受け取る時点で源泉徴収がされ、所得税が課されてきた。

税務訴訟はこういった争いをするものだ。争いの原因はさまざまだ。できるかぎり課税をしたい（多く税金をとりたい）と考える課税庁の「課税正義」と、できるかぎり不要な税金は納めたくない（法律に明確な規定があるもの以外に課税をするのはおかしい）と考える納税者の「租税法律主義」とがぶつかりあう。こうして生じた「見解の相違」について、裁判所で決着をつけるのが「税務訴訟」である。

争いになるのなら、法律にきちんと書いておけばいいじゃないかという意見もあるだろう。しかしそれは不可能に近い。法律をつくった時点で考えられていなかった問題が起きる場合もある。次々と新しいタイプの取引が行われるのも、現代社会の特徴である。単純な「法の不備」とか「法の抜け穴」といった類のものではない。

こういう話を聞いて面白いと思う人は、法律家に向いている。ただ、法律のなかでも租税法というマイナーな分野のことなので、興味をもてないとしても法律家に向いていないわけではない。話を聞くだけで血が騒ぐ、興奮していても立ってもいられなくなる。そんな分野で、人は活躍をみせるのではないかと思う。あなたにも、きっとそういう分野があるはずだ。

12
若い弁護士にも活躍できる場所が必ずある

税務に関する法律問題を専門にしている、といった。裁判所で争う税務訴訟もあれば、行政不服申立ての手続である「異議申立て」や、「審査請求」の代理人をすることもある。「税務調査」段階での代理人をすることもある。それ以前の段階でも、課税問題が生じないか、生じるとしてどんな問題点があるかなどの意見を求められたり、相談を受けることがある。企業などに求められて、意見書を書くこともある。

こうした税務関係の仕事をやらせてもらっているのは、所属事務所の代表である鳥飼重和弁護士（以下では、ふだんと同じく、鳥飼先生と呼ばせていただく）が、この分野の第一人者だからだ。税務という専門分野で、わたしの所属事務所は名を売っている。わたしは、この事務所で税務関係の仕事をメインで担当させてもらっている。

さまざまな事件を経験させてもらった。一般的には、納税者の勝訴率は10％程度しかない。9割は国が勝訴し、納税者は敗訴する。そんな税務訴訟で、わたしは、納税者に勝訴判決が言い渡される場面を多くみてきた。多く勝てたのは、事務所や事件とのご縁だろう。事件を担当した裁判官とのご縁でもあると思う。裁判官によっては、国を敗訴させないといわれている人もいる。過去の判決をみると傾向がわかる。税務訴訟は、国との戦いだ。特定の人に税金を負けるという発想はないから、和解も基本的にない。多くの事件が最高裁まで行く。つまり、第1審、控訴審、上告審という3審制のもとで、最後まで戦うことになる。

最終的には最高裁が判断する。わたしの所属事務所では、最高裁で逆転して納税者が勝訴した事件が多くある。ロースクール生から、租税法の授業のときに「租税法の最新判例をみていると、先生の事務所が代理人でたくさん出てきますね」といわれる。それくらい多い。

税務訴訟の勝訴は、あきらめずに戦い尽くすことで実現する。当事者である依頼者のあきらめない姿勢があってのことである。最後の最後まで、できるかぎりの主張や立証をひねりだす。税務訴訟は訴額も大きく、複雑な事案が多い。時間も労力も要する。わたしの所属事務所では、複数人でチームを組んで担当することになっている。法律の解釈に強い弁護士、税務に強い税理士とでタッグを組んで訴訟活動を行う。税理士は平成13年の税理士法改正以降、補佐人として税務訴訟に参加できることになった。専門家の方や学者の先生にご相談をしたり、ご意見を頂戴することもある。

こうして最後の最高裁判決までたどりつくと、判決が新聞で報道されることも多い。少なくとも税務関係の雑誌で、その判決の評釈や論文、解説などが数多く出現する。わたしも税務専門誌などに論文や記事を書くことがある。連載もどこかしらの媒体で行っている。調査官解説（最高裁判例解説）といって、重要な最高裁判決を収録した権威ある媒体に、参考文献として、わたしが書いた論文が掲載されたこともある。

研究者ではないから、論文の書き方も自己流だ。いつもこれでいいのかと試行錯誤しながら書いている。あくまで実務家だが、租税法は実学である。税務訴訟を専門的に扱っていることで、専門誌に論文や記事の掲載を求められる機会が増える。

昨年（2012年）の10月で弁護士登録10年目になった。10年でやっと新人でなくなるといわれる。経験がものをいう業界だ。経験年数が少ないころからそれなりのことができたのは、日本に税務訴訟に詳しい弁護士がまだ少ないからだと思う。「ブルー・オーシャン戦略」という考え方がある。競争相手が少ない市場で戦うという発想だ。ニッチな分野をみつければ、若い弁護士でも頭角をあらわすことができる分野はある。既存の専門領域にとらわれる必要はない。社会のニーズと自分の得意分野を活かして、ニッチな分野を開拓する方法もある。依頼者にとっても頼もしくうつるはずだ。これまで専門家がいなかった分野に弁護士が登場することは、世のためにもなる。

依頼者のために全力を尽くすうちに、専門分野みたいなものができる弁護士もいる。その分野を伸ばすことで、活躍をする弁護士もいる。専門性よりも、あらゆる事件に対応できることのほうが重要だ。そういう考えの方が、まだ一般的だと思う。しかし医師には専門がある。外科の先生が耳鼻科をやることはない。皮膚科の先生が眼科をやることもない。弁護士の数が増えるこれからは、弁護士も専門化が進んでいくだろう。

幸いわたしは税務に関する事件を1年目から数多く与えてもらった。1年目で「ストック・

オプション税務訴訟」を担当した。テレビや新聞でも報道されていた著名事件だ。原告の方々は50人ほどだった。登録からちょうど3年目を迎えた日には、主任をしていた非上場会社の株式の評価が問題になった事案で4億円ほどの処分取消しとなる勝訴判決をもらった。国が控訴することなく第1審判決で勝訴が確定した。4年目にはストック・オプション事件で、最高裁の法廷で弁論を2度ほどした。一部ではあるがこれまでの判例からはむずかしかった争点で、逆転勝訴判決をもらった。6年目には、主任をしていた上場企業の国際税務訴訟で全面勝訴判決をもらい、翌7年目には控訴審でも全面勝訴判決をもらい確定した。その後も、さまざまな税務訴訟にたずさわらせてもらっている。

7年目には、租税法の論文賞のなかでも権威ある日税研究賞に応募し、『税務訴訟の法律実務』(弘文堂)で奨励賞を受賞した。8年目からは青山学院大学法科大学院で「租税法演習」の授業をもつことになった(客員教授)。

日税研究賞の審査員は、租税法の大家であられる金子宏東京大学名誉教授だった。表彰状や賞金などのほかに、拙著に対するコメントが掲載された冊子もいただいた。表彰式で先生にご挨拶でき、感無量だった。租税法のバイブルである金子宏先生の『租税法』(弘文堂)にも、

2012年の第17版から、同著が参考文献として掲載されるようになった。

こうした活動は、過去の自分には想像もできなかった。司法修習生のころ、ペーパー試験の成績は芳しくなかった。危険信号の人につけられる付せんが、返却されたわたしの起案に貼られていて、再提出を求められたことも複数回あった。体調を崩すことも多く、体力にも自信がなかった。実務修習中に肺炎になり休んだこともあった。弁護士になるまえは、仕事がきちんとできるだろうか、体調管理は大丈夫だろうか、そんな不安ばかりだった。ふつうに仕事ができれば、それでもいいいと思っていた。

それがここまでできた。これは、鳥飼先生のおかげである。先生は、1年目のころから、「弁護士は弁護士。1年目だろうと何年目だろうと関係ない」とおっしゃっていた。自分の考えで事件を処理させてくれた。もちろん依頼者にご迷惑をおかけすることはできない。仕事ぶりをみながら、ということだったのだと思う。基本的な部分については、早いうちから自分の裁量でやらせてもらえた。まだ4年目くらいなのに、税務系の専門誌などにコメントをしたときは、生意気だと言われたりもしたが、先生は「この仕事は生意気と言われるくらいのほうがいい」とおっしゃってくださった。それどころか、まだ足りない。もっとやれともいわれた。

厳しい助言をされたこともあった。最初のころは、「夜遅くまでか朝早くかはその人によるけど、とにかく大量の時間をかけて仕事をしなさい。時間をかけた人が、この世界では将来大成するんだ」とはっぱをかけてくださった。わたしが先輩の意見などに遠慮していたのをみたときには「弁護士には先輩も後輩もない。期も関係ない。堂々と自分の意見をいいなさい。遠慮してはダメだ。僕にだって『それは間違っています』といえるようにならないとダメだ。もっと自分の意見をいいなさい」といわれた。

いただいたアドバイスの数は、それほど多くはない。しかし、どれもわたしのなかで、そのときに不足していることだった。正直、耳が痛かった。わたしが本を1人で書くようになってからも「もっと書け。ベストセラーを目指せ」と応援してくださった。

すごいことをやってきたぞ、ということではない。もっとすごい人はいくらでもいる。留学をしているわけでもなければ、官公庁に出向などをしてキャリアを積んだわけでもない。コツコツと1つの分野で地道に仕事をしてきた。それだけの弁護士に過ぎない。

特殊な能力はいらない。与えられた仕事に全力を尽くす。最初のうちは時間をかけてなんでもやる。自分の得意なものがみつかったら、全精力を集中する。それができれば、若くても活躍できる場所はいくらでもあるはずだ。それが弁護士の仕事の魅力だと思う。

志願者が年々減り、統廃合に追い込まれる法科大学院も増えている。司法試験に合格しても法律事務所への就職が厳しい。いまはそんな夢のない話が、業界に蔓延している。一方で、わたしの所属事務所に入所して、数年で独立した弁護士もいる。独立して1年もたたないうちに、数名の弁護士を採用しているようだ。ベンチャー系の仕事を中心にして強みを発揮しているという。

夢をもって仕事に取り組めば、いろいろな経験ができる。そのためには、全力投球を心がけるべきことは、いうまでもない。泥くさくてもいい。熱意と情熱をもって、目のまえにあることに果敢に取り組む。不平不満をいうひまなどない。黙々と目のまえにある案件の処理に全力をそそぐ。それが、なにより重要なのだと思う。

13

合格したければ、合格体験記を研究するのが1番

司法試験の合格体験記の監修をやっていたことがある。平成21年版から平成24年版まで4年連続で担当させてもらった（『新司法試験　合格者に学ぶ勉強法』法学書院）。

合格体験記は、あらゆる試験で存在している。わたしが最初に書いた合格体験記は、大学に合格したときだ。赤本と呼ばれている教学社の大学（学部）別の過去問集に、合格体験記が掲載された。

司法試験に合格したときも書いた。「受験新報」（法学書院）と、エール出版が毎年出してい

る司法試験の合格体験記集（『私の司法試験合格作戦』）に、別の文章が掲載された。わたしの記念すべき執筆の第1作は、「受験新報」に掲載された合格体験記から始まった。

合格体験記というと、単なる自慢だと思う人がいる。「俺受かったぜ、すごいだろ」といった自慢の寄せ集めで、まったく役に立たない。大して勉強もしていないのに受かった人をみかけると、イライラする。そう思う人も、いるようだ。

わたし自身、合格体験記を軽視していた。司法試験の勉強を始めたころに、合格体験記を眺めたことはあった。でも何歳で受かったのか、何回受けたのか、毎日どれくらい勉強したのか、それくらいの情報を得る程度にしか読まなかった。受験を始めてからは3回目の受験に失敗するまで、合格体験記を読むことはほとんどなかった。単なる自慢本だと思っていたからだ。受かるべきでない人が先に受かって偉そうに書いているだけではないか。そんなうがった見方をしていた。なんで俺が受からないのか、俺だってあの××がなければ受かっていたのだ。こうした傲慢な考えは、自然と自分を合格体験記から遠ざけた。

3回目の司法試験に失敗して、自分だけの力ではダメだと悟った。これまでの勉強法では永遠に受からない。そんな感覚にとらわれた。謙虚にならざるを得なくなった。その年に合格した2人の友人に、どんな勉強をしていたのか、どうしたら受かるのか、といったことを聞かせてもらった。

目から鱗が落ちる話を、2人とも聞かせてくれた。話を聞いている間にメモをとり、ノートのページを何度も繰った。わかっていなかった「合格のための勉強法」の話をたくさん聞くことができた。あと1歩のところで2年連続で不合格になった。傲慢になっていたわたしが、ようやく謙虚になった瞬間であった。

話を聞いた2人の合格者から、読んだほうがよい本も教えてもらった。それもすぐに買って読んだ。論文の書き方に関する本だった。講座のテープなども貸してくれた。夢中で聞いた。目から鱗の毎日だった。「合格者は、合格すべくして合格している」ということがわかってきた。合格者はおそろしいほどに、合格するために何が必要であるかを研究していたことを知った。合格者には共通項があることもわかった。

勉強法はひとそれぞれだ。しかし司法試験の合格に必要なことは決まっている。ゴールに向かって行うべきことは、かなりの部分で共通している。その共通項を知るために、合格体験記の研究が重要である。そのことにようやく気づいた。その年度のものだけでなく、過去数年分にさかのぼり、あらゆる合格体験記を読み漁った。

合格者によって違うことをいっているようにみえることもある。しかし共通項が必ずあった。「基本を徹底して勉強しました」「読みやすい大きな文字で答案を書きました」「条文を正確に引用するよう意識しました」「問題文で聞かれていることにだけ答えるようにしました」「基本については丁寧に書いて、応用については自分の考えを簡潔に書く程度にしました」などである。

合格体験記を読み、共通項をみつけるとそこにマーカーを引いた。それをそのままノートに書き写した。書き写した合格者の言葉を何度も読み返し、合格のイメージをあたまに焼き付けた。いまの試験は制度も変わった。科目数も試験時間も、合格者の数も合格率も変わった。それでも合格体験記に書かれている共通項（合格のイメージ）は、当時とほとんど変わっていない。

ロースクールで教えていることもあって、いまの合格体験記も読んでいる。合格したのに、合格体験記を読み込むというのもおかしな話だ。

先日など、合格体験記を1冊一挙に読んだその晩、司法試験を受験する夢をみた。ロースクールの学生に授業で「最近、わたしも新司法試験を受験しまして、なんとか合格することができました」という意味不明な発言をしている夢だった。試験を受ける夢は、いまでも年に何回かはみる。よくみるのは、もう1度司法試験を受けなければならなくなったという夢だ。試験会場で「何でまた受けなきゃいけないんだ」と泡を吹く夢である。当時は永遠に司法試験を受け続けるのではないか、という恐怖があった。実際に合格して10年以上たっているのに、いまでも夢のなかでは受験生になって司法試験を受けている。ホラーマンガのような体験だ。

合格体験記は試験勉強にかぎらない。たとえば、わたしは本を書く。本を書くようになってから、作家が書いた文章読本みたいなものもむさぼるように読んだ。

作家のエッセイにも、文章論や作家論が書かれていることがある。タイトルからはわからないものもある。こういう本も書店で立ち読みをして、パラパラめくり該当箇所をみつけたら、すぐに購入して読んでいる。作家の書く文章には個性があるが、合格体験記と同じでやはり共通項がある。売れる作家は、売れるべくして売れている。運やめぐりあわせもあるだろうけど、いろいろなことを考えたうえで書いている。

何をやるにも、その道の成功体験者の話は貴重だ。このことを司法試験の受験から学ぶことができた。大きな財産を得た。

14

人がやっていないことをやってみる

学生のころわたしは、まわりの同級生と自分をくらべてばかりいた。自分は変わっているのではないか。そんな不安におそわれることがあった。

学生時代は、学生としてやるべきことが学校のカリキュラムで決められている。高校時代の数学のように、大きな葛藤を強いられる場面もあった。しかし基本的に放課後などの自由になる時間には、自分がやりたいと思うことをやってきた。小学生から中学生にかけてマンガを描いていたのも、ボードゲームを大量に買って1人で遊んでいたのも、クラスの新聞におばけの話を連載していたのも、高校時代に作詞作曲ばかりしていたことも、だれかの影響ではない。自分でやりたいと思ってやったことだ。

もちろん面白いマンガから影響を受けたのではないかといわれれば、そうだと思う。音楽もアーティストの曲を聴いて、影響を受けたのかもしれない。でもマンガ家やアーティストが「マンガを書いたらどうか」「曲をつくってみなよ」といってきたわけではない。友達がマンガを描いていたから描いたのではないし、友達が作詞作曲をしていたからしたわけでもない。自分のなかでおさえられない欲求がわきおこり、その欲求に忠実にやりたいことをやった。

同級生が何をやっているかにかかわらず、自分がしたいことをやってきた。そういえばかっこいいかもしれない。当時はそれが悩みのたねだった。人がやっていないこと、だれもやれといっていないことに没頭してしまう。凝り性だといえばそれまでだけど。自分は人とは違う、おかしな人なのではないかという悩みがあった。

小学生から高校生まで、授業中にわたしが発言をしたのは、数えるほどしかない。積極的に手を上げることはまずなかった。質問をすることなど大学時代まで1回もなかったかもしれない。先生にあてられても、答えられずに黙ってしまうことが多かった。

自分は人と違う。自分の思っていることは人には理解してもらえない。そういう観念があった。高校時代はノートに詩や思いのたけを文章にして書くことをよくやっていた。なんだか暗い学生である。「他人は自分の考えを正確に理解することはできない。自分の考えをすべて言葉で表現することは困難である」といったような哲学的ではあるけど、ずいぶん冷めた考えをノートに書いていた。まあこれは、青春時代に特有の悩みかもしれない。

大人になってたくさん本を読むようになった。優れた文章や、優れた小説、優れた論評を読むにつれ、言葉には無限の力があるということを知った。それが文章を書く喜びにつながった。人とは違うオリジナルの体験や経験を、オリジナルの文章で表現したいという欲求が出てきた。それがいまの執筆の原動力になっている。

現在のわたしにつながる原体験ともいえるものばかりだ、ということもできるけど、それはあとづけかもしれない。野球が好きで友達と毎日のようにゴムボールで野球もやっていた。少年野球（ソフトボール）もやっていた。その経験はいまのわたしには、何もつながっていない。そんなつながらない経験も無数にある。あくまでつながりを感じられるものを抽出して、都合よくまとめているだけかもしれない。

大学で法学部を目指したのは、まわりの同級生の中に法律に興味をもっている人が1人もいなかった、ということもあった。もし友達がみんな法学部を目指していたら、わたしは別の学部を目指したかもしれない。だれも法学部を目指していない、法律に興味をもっていないということが、俺は法律をやるからね、という変な目的意識につながった。

司法試験を受けたのも、大学の同級生で司法試験を受ける人がいなかったからだ。仲のいい友達には1人も受験をする人はいなかった。上智大学にはそもそも司法試験を受ける人はきわめて少なかった。

司法試験に合格して弁護士になってからも、人とは違うマイナーな分野をやっている。税務訴訟はマイナーな分野だ。税務関係しかやっていない弁護士はあまりいない。税務を専門にしたいと思い始めたころ「税務だけじゃねえ」という声を耳にして悩むこともあった。でも専門家になるためには、それだけに集中することが必要だと考え、税務だけをやると決めた。

専門書でない一般向けの本をたくさん書いている弁護士も、あまりいない。弁護士なのに本ばかり書いて、と軽くみられる可能性があることも覚悟のうえで、書いている。これもだれかの影響を受けてやっているのではない。

人がやっていないことをやる。それを極めることができれば個性になる。何かをやるということは、何かをやらないことでもある。同じ状況にいる人（同級生や同僚、同業者など）がやっていないことをやってみる。そうすることには勇気もいる。でも、自分は人とは違うのだから、仕方がない。そう割りきることができれば、新しいことができるかもしれない。

世の中で成功している人には、人と違うことをやった人が多い。それが成功すると、マネをする人があとから増える可能性はある。しかし最初にそれをやった人は、先行者利益を得ている。

いまでも、ほかの人がやっていないことはなにか、ほかの人が書いていないことは何か、ということを考えている。多くの人が書いているようなテーマの本を書きたいとは思わない。テーマが同じでも、切り口などが違い個性が出せるのであれば別である。売れるテーマだからマネでもいいから書けばいい、といった発想はわたしにはない。それは人がやっていることで、自分がやりたいと思ったことではないからだ。

15

司法修習時代に教えてもらったこと

わたしが司法修習生だったころは、最初の3か月（前期）と最後の3か月（後期）の合計6か月は、同期の司法修習生が埼玉県和光市にある司法研修所に一堂に会して、集合研修を受けた。白表紙といって、教材用にアレンジされた100頁近い記録を渡された。それを読んで、判決や裁判所に提出する書面などの起案をした。

前期の集合研修の後は1年間、それぞれの修習地に分かれ、実務修習を受けた。実務修習地は横浜だった。4つの班があった。13名で1つの班が構成され、班ごとに研修を受ける順番が異なっていた。同じ班の人とは、研修先が法律事務所のときだけはばらばらで（1人で勤務する）、裁判所、検察庁のときは同じ場所だった。裁判所ではさらに3～4名にわかれて、それぞれ違う部に配属された。実務修習は仲間にも恵まれ楽しかった。ここでは、その後の仕事に参考になったことをつづる。

刑事裁判の修習を受けていたときのことだ。とても厳しい指導をされることで有名だった部総括判事の部に配属になった。『注釈少年法』（有斐閣）などの著書もあり、現在は立教大学法科大学院教授の廣瀬健二先生だ。当時はなんでこんなに大変な部になってしまったのだと思ったこともあった。特に印象的だったのは、被告人が否認している事件での合議だった。司法修習生も合議に参加をさせてもらえる修習だった。

3人の裁判官で1つの合議体をつくって担当する事件を「合議事件」という。合議は、裁判官3人が事件のポイントや方向性について話し合いをすることで行われる。合議メモをつくるのは1番若い左陪席の仕事だ。修習生1人ひとりにも事件が割り振られ、合議メモをつくらされた。資料を作成して、プロの裁判官3人に報告をして議論した。報告後は指導を受けるといったほうが正しい。

被告人の供述と被害者の供述が、まったく食い違っている事件を担当したときに、供述対照メモをつくって報告をした。「被告はこの点については、こういっています。これに対して、被害者はこういっています」といったことを図表に整理した。大部な記録だったので、時間もかかり大変だった。ところが報告をすると、廣瀬先生から「そういうことではない」と一蹴された。

「供述が食い違っているときに、それを並べて、はいどっちが正しいでしょう？　とやるのは素人だ。裁判官のやることではない」といわれた。「裁判官は『動かない事実』は何かを、まず考えて確定させるのだ。争いのない事実、客観的にぶれずに確実にいえる事実だけで、その状況などをかためる。そこから推理して、通常であればこういうふうに考えるだろう、こういうことがあるだろう、といったことを考えるのだ」弁護士になってからも、このときに教わったことが、ものごとを考える視点になっている。

民事裁判の修習では、こんなことがあった。部総括判事の単独事件をみさせてもらっていたときだ。その裁判官は『ステップアップ民事事実認定』（有斐閣）などの著書もあり、現在は東京大学法科大学院教授の土屋文昭先生だった。単独事件とは、裁判官が１人で担当する事件をいう。修習生は、法廷では裁判官のとなりに座らせてもらえる。くわしくは忘れたが、そのなかに、法律を形式的に適用するかぎり、原告を救済することはできない事件があった。

かわいそうだからといって、法の解釈を超えて救済することはできない。裁判官は法律を使って事件を解決する。法律に規定されていないことを決めてしまうと、国会がすべきことに口を出すことになってしまう。司法試験の勉強では、権利濫用とか信義則といった一般法理をつかって、常識にあうように柔軟な解釈をするという考えも学ぶ。しかし実務になると、裁判官は、法律や判例に事実上拘束される。「法律を形式的に適用すればこうなるけど、それは常識的でないから、権利濫用だ、信義則違反だ」というようなことは、できるかぎり慎むべきと習っていた。伝家の宝刀は基本的に抜いてはいけないと教わった。

それで土屋先生から、「この事件どう思いますか」と聞かれたときに、わたしは「かわいそうですけど、さすがに権利濫用を使うことはできないでしょうから、請求棄却だと思います」と答えた。すると、土屋先生はこうおっしゃった。「木山さん、裁判官の仕事ってなんだと思います？　裁判官のやりがいってなんだと思いますか？　要件事実とか法律論でいけばこうですよ、そんなことだけで世の中にあることが解決できると思います？　わたしはこういう事件こそ、権利濫用を使うべきだと思うんです。だってそれが常識的でしょう」

裁判官室に戻ると土屋先生は、別の裁判官（右陪席や左陪席）に「こんな事件があるんですけど、どうですかね？」と雑談的に意見を求められた。右陪席も左陪席も「そりゃあ厳しいんじゃないですか。棄却ですよ」と答えられていた。わたしが答えた内容と同じだ。それがふつうの裁判官の答えだと思う。

しかし、土屋先生は「違う」といった。「法律論ではない。常識こそが大事なのだ」と。税務訴訟をやるようになってから、この土屋先生の言葉が何度もよみがえってきた。「この裁判官も、もしかしたら土屋先生のような考えをもっているかもしれない」と考えた。裁判官も心が動くことがある。裁判官の心が動くような訴訟活動をするにはどうしたらいいか？　そんなことをいつも考えている。

弁護修習で教わった弁護士の先生の言葉も、記憶に焼きついている。横浜弁護士会に所属され、さまざまな分野で精力的に活動されている間部俊明先生だ。医療過誤の事件で、先生が患者側の代理人をされている事件があった。横浜のとある大病院にいる専門の医師のところまで何度も出向いて、意見書をお願いしに行った。

その医師に意見をうかがいに病院に向かう道で、先生はこうおっしゃった。「木山くん、弁護士ってのはね、裁判官じゃないの。いい、判例ってあるでしょ。判例で事件を処理するような弁護士になってはダメだよ。裁判官はいいんだ。判例があるからこうです。判例があるからダメですと。でも弁護士は違う。判例を調べるよね、判例からはむずかしい事件だったとする。そのときに判例があるから厳しいですね、と弁護士がいってしまったら、それは事件にならないでしょ。弁護士がさ、判例はこうで厳しいけど、でもおかしいから戦いましょう。裁判所にぶつけてみましょうといってね、それで初めて裁判が始まるんだよね。そうして判例がつくられるんだ。木山くんには、判例をつくるような弁護士になってほしい」

そのときはまだ、意味がよくわからなかった。後に税務訴訟をやるようになって実感できた。判例がない事件、判例からはいっけん厳しそうにみえる事件ばかりだったからだ。そのときにあきらめずに「判例をつくってやる」と思えるパワーをくれたのは、間部先生の言葉である。

司法修習中にみた実務修習の個別の事件については、ほとんど内容は忘れてしまった。残っているのは、指導担当の先生方からいただいた言葉である。どれも後々まで示唆に富む考え方だった。心より感謝しています。

16

『小説で読む民事訴訟法』秘話

わたしの本のなかには、シリーズ化された作品もある。1つは『弁護士が書いた究極の～』シリーズだ。「究極シリーズ」「弁護士が書いたシリーズ」などといわれている。もう1つが『小説で読む～』シリーズである。

出版時期は、いずれも2008年が最初である。「小説で読むシリーズ」の第1弾となった『小説で読む民事訴訟法』（法学書院）を出版したのが2008年3月。「究極シリーズ」の第1弾となった『弁護士が書いた究極の勉強法』（法学書院）を出版したのは2008年8月だ。この2冊の刊行から執筆ペースが早くなる。両作品とも多くの方に読んでいただけたからだ。

どちらの作品もいま読むと文章が拙く、恥ずかしいかぎりだ。まともに本を書いたことがなかったので、本を書くにあたり考えるべきことがたくさんあった。それらの1つひとつをクリアしていくだけで、手一杯だった。

いまは本を書くことには慣れた。このときのような莫大なエネルギーを消費させられることはない。一方で文章力もアップし、書くことにこなれてしまったところもある。それで当時の2作品を書いたときのエネルギーを思い出そうと読み返すこともある。

アマゾンにはそれほどたくさんのレビューがあるわけではないが、「ブクログ」や「読書メーター」なども含めると、多くの方が感想を寄せてくださっている。特にこの2作品はレビューも多い。ありがたいかぎりで、すべて目を通させていただいている。

『小説で読む民事訴訟法』は、「受験新報」（法学書院）という司法試験の受験雑誌（月刊誌）で連載した「小説で読む訴訟法」（2006年6月号～2007年10月号）に加筆・修正をして、1冊にまとめた本である。連載時に「小説で読む訴訟法」となっていたのは、最初は「民事訴訟法」と「刑事訴訟法」の両方を書く予定だったからだ。しかし弁護士になって3、4年のころと違い、その後は刑事事件をやらなくなった。裁判員裁判もスタートした。自分が詳しくないことは書くべきではないと思ったので、『小説で読む刑事訴訟法』を書くことはあきらめた。その後、別の方が書いてくださった。

この本の目的は、イメージがわきにくい裁判の雰囲気を感じとってもらうことだった。無味乾燥に思える民事訴訟法の勉強を、好きになってもらえればと書いた。読者の方からレビューなどに、「素人小説だ」「小説は陳腐である」「小説のルールに合っていない」「セリフが紋切り型である」と書かれても、他方で「民事訴訟法のイメージがわいた」「勉強のやる気がでた」「最初の入門書として最適だ」などと書いてあれば、著者としては目的達成である（こうしたレビューは勉強になるので、ヤフーのリアルタイム検索なども活用しながら、読めるかぎりほとんど目を通している）。

まともに小説を書いたのは初めてなのだから、小説のルール（視点などのことだろう）も知らなかった。書き直したい気分になる記述も多い。それでも『小説で読む民事訴訟法』は、定価2000円（消費税別）という価格であるにもかかわらず、4年半の間に8回増刷され、現在9刷に達している。2冊目に書いた本がロングセラーで売れているのだから、これほどありがたいことはない。

この本を出版したことで「もっとよい本を書きたい」「もっと売れる本を書きたい」いう欲求が出てきた。実用文に関する文章の書き方にとどまらず、作家の書いた小説の書き方、文章論、読書論など目に入るかぎり購入して読んだ。売れる商品、多くの方に支持される商品のつくり方やヒントなどをテーマにしたマーケティングやブランディングなどの本も、むさぼり読んだ。

とくに勉強になったのは、何が売れるかということよりも、何が人をひきつけるのかということだった。人はどういうプロセスで本を買い、その本を面白いと考えるのか。こうした心理学的な面についても深く勉強する機会を得たのは、本を書いたおかげである。

本を書くたびになるべく新しい要素を取り入れるようにしている。本は収入としてはあてになるものではない。しかしそこに使うエネルギーと時間は膨大だ。本を出版したあとにやってくる精神的な負担を考えると、よほど本好きな人か、目的意識をもっている人でないと、堪えがたい仕事だと思う。レビューでわるいことを書かれて、落ち込むこともあった。本を出すようになってわかったことがある。人は基本的に自分が読んだ本を「上から目線」で評価するということだ。考えてみれば、自分が買って読む本でも、観る映画でも、テレビのドラマでもみなそうである。ラストがいまいちだったな、ありがちだよね、なんか微妙……など、ほめることはほとんどしない。気になったマイナス部分だけを語る人がほとんどだ。制作する側はそれを甘受しなければならない。そういうものだと認識しておくことが重要になる。そういうことを学ぶ機会になった。

興味深かったのは、『小説で読む民事訴訟法』の読者の声だ。「民事訴訟法の勉強になる。イメージがわく。でも小説部分がいまいち。弁護士に期待するのはムリか」といったレビューが多かった。そこで、続編である『小説で読む行政事件訴訟法』（法学書院）では、ストーリーのつくり方を徹底して勉強した。綿密にプロットをつくった。物語部分が面白いものになるよう、膨大な時間をかけてつくった。文章の推敲も年末年始も含め、気が狂いそうになるほど行った。そうしたら、『小説で読む行政事件訴訟法』のレビューに「物語部分に力が入りすぎて、勉強部分が物足りない」みたいなものが出てきたのである。物語部分が前作より面白くなってよかったという声も多かったのだけど。

読者の声にまどわされてはダメらしい。いまでは参考にはするけれども、基本的には読者の声を意識しすぎないよう心がけている。すべての読者の満足を得る本をつくることは、むずかしい。読者1人ひとりに現在のレベルがあり、ニーズがある。そのすべてを満たすことは不可能だ。ある読者にとってはその時点では役立つものでも、1年後に出会っていたら役立たない（簡単すぎる）ということもある。そのときは意味がわからなかったことでも、経験を重ねることで深く理解できるということもある。

専門家が書く本は、ふつうはそこまで考えないのだろう。でもわたしは作品には思い入れがある。そのため、むげにはできない。とくにストーリーものについては、毎回レベルアップをしたいという気持ちがある。去年は第3弾（『小説で読む民事訴訟法2』（法学書院・2012年））を発売した。発売した直後から、ツイッターやブログなどにたくさんのコメントがアップされているのを拝見している。読者の方々が喜んでくださることほど嬉しいことはない。

17

書店のフェア

書店でわたしの本のフェアをしていただく機会が増えた。書店でのフェアなど、以前は想像すらできないことだった。サイン会はさすがにないけれど。法律書のおすすめ本などをメインにした選書をするフェアが、最近は増えている。

1番最初のフェアは、書泉グランデ（神保町）だった。所属事務所から歩いていける距離なので、たまに立ち寄ることがあった。書泉グランデでは『弁護士が書いた究極の文章術』（法学書院・2009年3月）という「究極シリーズ」の第3弾を出版したときに、3階（法律・ビジネス書コーナー）の入口付近に「人気シリーズの第3弾」といった手書きのポップつきで、シリーズ3作品が大量に平積みされていた。それ以来、いい本屋だなと思い、お昼休みなどによく立ち寄るようになった。

その1年後に、わたしのおすすめ本でフェアをしたいと、版元の法学書院にお声がけをいただき、初のフェアが開催された。20冊くらいおすすめの本を選定した。法律書ではなく、一般書からのおすすめだった。レジ前に1か月くらい展開してくださった。ベストセラー作家の中谷彰宏さんにメールでご報告をしたら、なんと先生のホームページでフェアの開催をご紹介してくださった。「僕も行くかもしれません」と書かれていたので、書泉グランデに行けば中谷先生にお会いできるかもしれないと、何度かうろうろしたこともあった。フェアをしている著者とはとても思えない。

その後、書泉グランデのすぐ近くにある三省堂書店（神保町本店）や、ブックファースト新宿店でも、「究極シリーズ」などを大量に平積みして、ミニフェアのようなものをしてくださったことがあった。シリーズで書いたのがよかったのかもしれない。

このころは書店員の方にご挨拶に行くのは恥ずかしくてできなかった。ふつうの客としてチラリと自分のフェアをのぞくくらいだった。自分の本が大量に並べられていると不安になった。1冊も売れていないのではないか。書店に迷惑になっていないか。そんなことを考えてしまう。それで自分で自分の本を1冊買ってしまう、というよくわからない行動に出ることもあった。

自分の本をたくさん置いてくださっているのは嬉しい。でも1冊も売れていなかったらどうしよう、と不安になる。逆に1冊も置かれていない書店をみつけると、なんで置いていないのだろうと、それはそれで不安になる。本を書くと、こうした人間の心理を経験できる。自分だけかと思っていたが、名の知れたベストセラー作家の方々のエッセイなどを読んでいると、みなさんほぼ同じことをおっしゃっている。いまは慣れた。たくさん置かれていれば素直に嬉しい。そして「がんばってくれ」と自分の本に声をかけて立ち去ることにしている。

昨年（2012年）は、いろいろな書店でフェアをしてくださった。4月にブックファースト新宿店の法律書コーナーで、7月～8月に三省堂書店（神保町本店）の法律書コーナーで、10月に紀伊國屋書店（梅田本店）で、それぞれフェアが開催された。いずれも、法律書などのおすすめ本を選書するというもので、40冊～50冊くらい選んだ。

本のフェアをすることでわたしが直接得る収入は、ゼロである。売れれば何パーセントもらえるといったことはまったくない。しかし本の宣伝になるというメリットがある。そのメリットはどれほど大きいかわからない。1番嬉しいのは、自分がふだん読んでいる本で「これはすごい」と思った本を、書店という場で紹介できることだ。

フェアは、読書という自分の趣味と弁護士業と執筆とが、ほどよい相乗効果をもたらす場だ。書店の方からお声掛けいただいて、初めてできることでもある。ふだんは1人もくもくと本を読んでいる。この本はすごいなと思っても、だれかにその本のことを伝える機会はない。ブログやツイッターなどで紹介したり、自分の本のなかで紹介したりすることはあるけれど、本の話をできる人はそういない。

書店にあつまる人はきっと読書好きの人が多いだろう。直接話はできなくても、本やポップを通じて「たしかにいいですね、この本」と思ってもらえる場になるのではないか。そんなわくわく感がやってくる。

わたしは毎日必ずといっていいほど複数の書店に行く。新刊が置かれたり、棚が変わるだけで、すぐにわかる書店が複数ある。それくらい好きな書店と関わりをもたせてもらえる。本のフェアは、それだけで至上の喜びだ。

18

『税務訴訟の法律実務』秘話

日税研究賞で「奨励賞」を受賞したという話をした。対象になったのは『税務訴訟の法律実務』（弘文堂・2010年）というハードカバーの専門書である。

横書きで、文字は小さく、全部で379頁にも上る。正直、このようなハードカバーの専門書を、単独で書ける日がやって来るとは思っていなかった。この手の専門書は、その分野に詳しい学者の先生が書かれるのが通常だ。弁護士などの実務家が書く場合でも、よほど著名な弁護士で「○○法といえば、○○先生」といわれるような先生が書かれるものだと思っていた。

そんなわたしに書籍執筆の依頼が届いたのは、2009年2月のことだ。それは1通の手紙だった。弘文堂とは当時まったくお付き合いがなかった。事務所に弘文堂と書かれた社封筒がわたし宛てで届いた。細長くて薄いもので、紙が数枚折りたたまれているくらいの厚さだった。弘文堂といえば金子宏先生（東京大学名誉教授）が『租税法』を出されている出版社だ。神田秀樹先生（東京大学教授）の『会社法』もある。いずれも「あの緑色の本」といわれる、法律書に強い出版社である。

開封するまえに直感的に、執筆依頼かなと思った。何の本だろうとも思った。単なるDMかもしれないとも思った。開封して読むと『税務訴訟の法律実務』を書いて欲しいという内容が記されていた。ハードカバーの体系書で、すでに既刊本がある『名誉毀損の法律実務』などのシリーズとして出したいとのことであった。

弁護士登録10年にも満たない若造には荷が重い。ハードカバーで数百頁も書けるのか。自分には無理な依頼だとも思ったが、光栄なお話である。場合によっては所属事務所の他の弁護士と共著などでもよいかと思い、お話を聞くことにした。話を聞いてみると「先生くらいの若い先生で、実務にも詳しく、理論面でもきちんとしたものが書ける人を探しているんです」とのことだった。「今後、税務訴訟に限らずさまざまな分野で、弁護士の先生に依頼をしてシリーズ化をしたいと考えています」とのことだった。

先方が求めている書き手は、若い弁護士のようだ。実務に詳しく、理論的なこともきちんと書ける人でなければならない、著者のターゲットが厳格に絞られていた。そのターゲットにわたしがあたる、という。これは書くしかないな、と思った。

しかし、一からそこまでの分量を書くのは至難の技だ。そこで「共著という方法はありですか」ということもたずねてみた。すると「できれば単著でお願いしたいです」といわれた。「共著というのは、1人の著者が1つの筋を通して書くものではないので、実務書などではそれもよいのかもしれないですけど、今回は実務書でありながら、理論的にもきちんとしたものを書いて欲しいのです。だから単著でお願いしたいです」そういわれた。

このときは弁護士7年目。たかだか6年ちょっとの実務経験があるだけだった。他方で税務訴訟ばかりやらせてもらっていたため、そこでの蓄積はある程度はあった。もともと理論的なことを追求するタイプの人間だ。個々の事例における個別の問題を集合させることで、税務訴訟を体系化することも、もしかしたらできるかもしれないと思った。

受けたものの、いざ書くとなると苦戦した。1頁の文字数が多いため、四六判の一般書（ビジネス書）などのように、ちょっと書いただけでページがうまるというふうにならないのだ。たくさん書けたと思っても、やっと1頁という感覚だ。こんな作業を果たして続けられるのだろうかと、たちまち不安におそわれた。

２００９年の年末は、最後の追込みをかけた。冬休みになっても朝から晩まで書き続けていた。追い込まれてみると思いのほか、かなりの分量を書くことができた。書き上げたのは12月30日とかそれくらいの日だったと思う。書き終えたその日の晩に吐き気をもよおし、倒れてしまった。ようやく終えることができたという安堵感からだろう。机に座り続けて書き続ける作業が、胃腸を圧迫していただけかもしれない。

なんとかハードカバーの専門書を書くことができた。刊行した翌年の日税研究賞に応募をしたら、奨励賞を受賞することができた。日税研究賞は、税務訴訟にたずさわりはじめた1年目のころから、機会をみつけてオリジナルの論文を書いて応募したいと思っていた賞だ。論文を書く時間もないまま7年の歳月がたっていた。既刊書籍でも、その1年間に刊行されたものであれば応募できるとあった。ためしに応募をしてみたら、なんとそれが受賞になった。

わたしが司法試験を受けたころ、試験科目に租税法はなかった。弁護士になるまえに租税法を本格的に勉強したことはない。与えられた仕事をするために必要に迫られ勉強をして、事件に取り組んだ。その結果の集積に過ぎない。それがいつの間にか、本を書く機会をいただくまでになった。といってもあくまで「税務訴訟」という弁護士だからこそ詳しくなることができる分野だった。テーマも絞られていたため、オリジナリティを出すことができたのかもしれない。租税法という学問領域であれば、学者の先生がいらっしゃる。「実務」というテーマだったからこそ書けたものだった。

そうした流れのなかで、翌年には、青山学院大学法科大学院で「租税法演習」という科目を教えて欲しいという依頼を受けた。『よくわかる税法入門』（有斐閣）などの著書で著名な三木義一教授からのお声がけだった。

租税法を勉強して弁護士になったわけでもなければ、税務訴訟をやろうと意気込んで弁護士になったわけでもない。流れとご縁から、この分野の仕事が増えていった。

この『税務訴訟の法律実務』の執筆を機会に、弘文堂でも次の本の執筆につながった。本書もまさに同社からの出版である。弘文堂では『税務訴訟の法律実務』（２０１０年）刊行後、『租税法重要「規範」ノート』（2011年）、『最強の法律学習ノート術』（2012年）、本書（2013年）と連続して、毎年出版をさせてもらうことになった。これも不思議なご縁である。

19

『憲法がしゃべった。』秘話

2010年3月に刊行した『憲法がしゃべった。』（すばる舎リンケージ）は、イラストレーターさんに絵も描いてもらいつくった童話のようなもので、絵本に近い作品である。わたしの著作のなかでは異色作かもしれない。

この本のストーリーは、けんぽうくんという謎の物体がある日、とつぜん子どもたちが遊んでいた公園にあらわれて、自分（日本国憲法）について語りだすというものだ。

けんぽうくんをどのような顔（絵）にするか。これがかなり重要なテーマだったのだが、担当編集者が依頼してくれたふわこういちろうさんが、絶妙な絵を描いてくれた。ゆるキャラのようなかわいい絵だった。

わたし自身は原作を書くときに、文字でけんぽうくんのキャラをイメージできるように、意図的に描写をたくさん入れたのだが、自分自身でもけんぽうくんがどのような顔なのかについては、漠然としたイメージしかなかった。ただ、インパクトがあって、おかしくて、かわいらしい絵がいいなと思っていた。

マンガを描いていたころを思い出して、自分でもノートにけんぽうくんの絵を描いてみたりしていた。しっくりくる絵はできなかったので、プロの方が描かれる絵を楽しみにしていた。予想以上に素晴らしい絵をまのあたりにし、感激した。そのほかにも、ライオンの顔をしたライ男（権力をにぎることを夢見ている小学生）と、シマウマの顔をしたシマ男（同級生のライ男にいじめられている小学生）などが登場する。ふたりのキャラクターも、ところどころに登場する情景描写も、思い描いていたとおり、というかそれ以上に素晴らしい絵だった。

『憲法がしゃべった。』は何度も書き直した作品だった。言葉（文章）だけで書いたイメージが、プロのイラストレーターの方に伝わったことが嬉しかった。ふわさんとは同書刊行後に初めてお会いした。絵を描いていただいた段階ではお会いしていない。メールなどのやりとりも一切していない。わたしの書いた原作の文章だけからイメージしてもらえたことになる。もちろん、担当編集者が上手に伝えてくれたのだと思うけど。そうだとしても、担当編集者もわたしの文章からイメージを受け取ってくれたのだから、同じように嬉しいことだ。

この絵をみて、やはり自分はマンガ家ではなかったと思った。絵を描くことでお金をもらうプロの資質は自分にはなかった、ということがよくわかった。逆に文章でストーリーを書くことについては、商業出版を継続できているのだから、なんとか可能性は残されたといえる。そう思うと、中学生のときの決断は正しかったと、妙に納得する。

『憲法がしゃべった。』は、わかりやすくて小学生でも読める、日本国憲法の教科書という側面がある。もっとも、この本を書いた目的は、憲法をわかりやすく伝えたい、ということでは必ずしもなかった。

もともとは、すばる舎リンケージの担当編集者と、法律を物語で学べる本を出版する方向で、打合せを何度かしていたのだった。原稿もかなり書き上げていたが、売れる本にしよう、ということで、綿密な打合せをしながらじっくりとつくる動きになっていた。

しかし何度か打合せをするなかで、法律といっても、基本である六法（憲法、民法、刑法、商法、民事訴訟法、刑事訴訟法）それぞれのストーリーを書くことになっていたので、なかなかポイントがしぼりきれないのではないかと指摘を受けた。このままいくという方向もあるが、場合によっては1つの法律（たとえば憲法）にしぼって書き直すという方向もあるのではないでしょうか、という提案である。

かなりストーリー（原稿）を書き進めていたので、これはボツということかもしれないと思った。編集者の方の提案について、どの方向で行くかを考えないといけないなと思った。しかしストーリーを書き上げて、キャラも設定されていた。これを一から書き直すというのは、辛い作業である。できればこのまま続けたい。けれども、このままでは読者にとって面白い作品（売れる作品）にはならないのかもしれないとも思う。第三者の目でしかわからないこともある。そうこう考えているうちに、もうこの企画はきついかな、という心境になった。

わたしの作品は、出版社から「このテーマで書いてください」という依頼があって執筆したものが最近は増えている。このときの企画はわたしからの提案であった。子どものころに描こうとしていたマンガは無理だとしても、法律の知識とストーリーを組み合わせた作品をつくりたいと思っていたからだ。ちなみにこの企画が出版社に採用され、原稿を書き進めているうちに「もし高校野球の女子マネージャーがドラッカーの『マネジメント』を読んだら（通称：もしドラ）」が発売された。二番煎じというかマネをしたと思われる作品にはしたくないな、という気持ちも途中から起きていた。

こうして思うように進まなくなり、アイデアも枯渇したかに思えたある晩、珍しく自宅の書斎の机にうつぶせになっていた。高校の数学の授業でよくしていたことだ。なにかいいアイデアはないかと、半分ねむりながらボーっと思考の海を泳いでいたときに、とつぜんそれが舞い降りてきた。「そんなに僕のことを知りたいんだ」とその物体はわたしに語りかけてきた。憲法がしゃべりだした、のだ。

驚いたが、そのまま憲法にしゃべらせることにした。そうして、すぐにパソコンを立ち上げ、そのときに聞いたメッセージを原稿にした。夜中の3時くらいの出来事だった。一挙にものがたりの最初から最後までを書き上げた。これは絵本になるかもしれないと思った。翌朝、担当編集者にその原稿をメールで送ると、すぐに「これは面白いです」という反応があった。

そこからさらに1年以上かけて、何度も原稿を書き直した。担当編集者は、毎回、原稿1

ページが真っ赤に染まるほど、指摘事項を赤入れしてくれた。疑問点や、長すぎるところ、逆に短すぎるところ、などの指摘もあれば、ラストをさらに壮大にできたらいいですね、といったコメントもあった。このように書いてくださいというような赤入れはまったくなかった。ただ、まだ満足できるレベルではないので、もっとよくしましょうというコメントが毎回届いた。

そのつど書き直しをした。いったいこれはいつになったら出版できるのだろう、と思うほど、書き直しをした。こういうことは、ふだん書く本ではないことだ。担当編集者も、これはとてもいい本だから妥協せずに時間をかけるだけかけて、素晴らしい本にしましょう、とアドバイスしてくださった。

こうしてようやく『憲法がしゃべった。』を出版することになったのが、2011年の3月だ。最後の最後まで担当編集者が、憲法の知識までふみこんで何度もチェックされ、おかげでほんとうに満足できるものができた。ムダな記載がなく、目指していたものができた。じっさいのところ、最初は30頁くらいだった原稿を300頁くらいまでふくらませて、最後にそれを削りに削って200頁近くまでしぼり、シンプルなものにした。

素晴らしい原稿に出会えて幸せです、というメールを担当編集者からいただいたのが、

2011年3月10日の午後10時過ぎであった。いよいよあとは出版を待つばかりです、という報告のメールだった。その翌日、東日本大震災が起きた。

本が発売された日は、原発事故が起き、東京もかなりのパニックに陥っていた。せっかくたくさん並べていただいた『憲法がしゃべった。』も、平時よりはるかに早く閉店してしまう薄暗い書店のなかに、ひっそりと置かれていた。じっさいにはたくさん平積みされていたのだが、声をひそめてというか、ひっそりと、という感じであった。本の週間ランキングをみると、放射能の本や地震の本が8割近くを占めていた。

『憲法がしゃべった。』に対して期待をしてくれた出版社には、大きな新聞広告も打ってもらったが、そのとき世の中はそれどころではなかった。人々が早々に会社から帰っていくなかで、書店に1人足を運び、これは本がとても売れる状況ではないと感じた。

帰りの電車で、いつもこうだよな、と思った。司法試験もそうだったし、いつもこうだと思った。いよいよ、あと少し、というところで、予想もしていない何かが起きる。

原稿ができてからあえてすぐに出版はせずにいた。1年以上かけて担当編集者に何度もみてもらいながらつくってきた作品だった。発売時期として、なんともいえないタイミングになった。あの時期は、声も出せずに散っていった企画なども多かったことと思う。

わたしは憲法に熱いわけではない。この本は何かの主義主張の本ではない。おもしろおかしく読んでもらうファンタジーである。練りに練ってつくった。作品としての満足度は高い。これからも多くの方に読んでいただきたい作品だ。

20 小さな達成感

大学受験でも司法試験でも、なんでもそうだ。目標に向かってコツコツと努力をしなければならない。そのときに重要なのは、「達成感」を感じられる環境づくりだと思う。合格したとき（目標が叶ったとき）の達成感ではない。そこにいたるまでのプロセスにおける達成感だ。小さな達成感でもよい。「よし、やったぞ」「成長したぞ」と思える体験をする。こうした小さな体験が、大きな要素になっていると思う。

小学校で漢字テストや計算の確認問題などがあった。きちんと勉強すれば高い点をとれる。

こうした成果がでると、さらにやる気が出てくるものである。その積み重ねで、最終的なゴール（目標）までの勉強を継続していくのが理想だ。

逆にこうした「小さな達成感」を日々の勉強で感じられないと、モチベーションはどんどん下がってしまう。継続した努力を行うことが困難になりかねない。たとえば、漢字テストを週に1回実施したとする。毎回、範囲について一所懸命勉強をしたのに、10点満点中3点とか、1点とかの結果しか出せなかった。そうしたら、次第にその人はやる気をなくしていくものと思う。あたりまえじゃないかと思われるかもしれないが、重要なことだ。

漢字テストの点数が最初は3点だったけれど、勉強をがんばったら5点に上がった。さらに勉強をがんばったら7点に上がった。となれば、次は8点、9点、いや満点（10点）をとろうとなる。さらなる成長の段階に向けて、勉強のエネルギーを注ぎやすい環境を獲得できる。どんどん点数が上がり、9点までとれるようになった。でも、満点はとれない。あと1点、あと1点、あと1点と、9点（あと1点）が3回続いたとする。その人は、そこであきらめるだろうか。おそらく、あきらめない。すでに9点（9割）の得点をとる実力が備わったことに「小さな達成感」を感じているからだ。

「小さな達成感」を持続して味わっている人には、精神的な余裕（ゆとり）が出てくる。「さらに上を目指すために『あと1点』をとるにはどうしたらいいか」という発想が出てくる。他の生徒が考えない「高いハードル」の乗り越え方を研究するようになる。漢字テストを例にしたので、研究というのはおおげさかもしれないが、どうしたら満点をとれるか（あと1点をとれるようになるか）を必死になって考えるようになるはずだ。

その人は過去に出題された問題をみて、教科書のどのあたりから出題されているかも分析するかもしれない。そこで発見がある。「なんだ、9点まではとれるようになっているけど、あと1点は、毎回、その範囲より前の習ったところから出題されているじゃないか」とわかったとする。次は、その範囲だけでなく、それより前の範囲で登場した漢字も勉強するだろう。

毎回、満点（10点）をとっているクラスメイトをみつけて、その人に勉強のコツを聞いてみるという方法もある。その人があえて満点をとるための秘密の方法を教えてくれるかどうかはわからない。けれどアタックしてみる価値はあるはずだ。直接のヒントは教えてもらえないかもしれない。しかしその人が天才で毎回10点をとっているのか、人とは違う勉強のコツ（ポイント）があって10点をとれているのか、それがわかる可能性はある。

わたしが最初に試験勉強のコツをつかんだのは、小学校6年生のときである。公立の小学校でそれほど試験勉強をする人はいなかったと思う。わたしも宿題はやっていたが、試験勉強をすることはほとんどなかった。日ごろの授業を聴いて、宿題をする。それで小学生の試験（テスト）では、それなりの点数がとれた。

ところが、小学校6年生の1学期に算数の成績が3（5段階評価）になってしまったときがあった。それまで主要5科目で4より下をとったことは1度もなかった。このときは父親にひどく叱られた。「ファミコンばかりやっていないで、もっと勉強しろ」とどなられた。長時間にわたり説教をされた。

学校の成績くらいでなにもそこまで怒らなくてもいいじゃないか、と思った。3というのは真ん中で普通である。決して悪い成績ではない。他の教科は4か5をとれていた。

しかし、算数で3をとったことは、ショックだった。高校の数学と違い、小学校のころは算数は得意だったからだ。父親の怒り方にも腹が立った。というか恐かった。そこで2学期は、テスト前に勉強をすることにした。これが人生で初めて、試験に向けて本格的に自主的な勉強をした出発点である。結果、2学期の成績では、算数が3から一挙に5に上がった。他の科目も軒並み上昇した。成績表が配られたときに、担任の先生から「今学期、1番頑張ったのは木山くんです」といわれた。勉強で最初に感じた達成感だったと思う。

わたしはこれに味をしめた。3学期はテストで100点を連発するようになった。ほとんどの科目が100点だったと記憶している。その勢いで、中学校の中間試験、期末試験でも、試験の2週間前から勉強をするプランを立てる習慣を覚えた。オール5ではないけれども、それに近い成績がとれるようになった。といっても、ここでいったんピークが到来した。高校に進学してからは、逆に挫折の日々になる。

司法試験の勉強でも、予備校の入門講座で、確認テスト（小テスト）が頻繁にあった。きちんと範囲を勉強すれば満点がとれるような試験だ。答案練習会や択一試験の模擬試験でも、よい点をとろうと努力した。司法試験の勉強では、そう簡単には高い点がとれなかったけど。

「小さな達成感」を日ごろから感じられるようになることは、継続が必要な勉強には重要だ。勉強だけに限らないだろう。スポーツでも音楽でも、なんでも大会やコンテストがあるものでは同じだと思う。

教える側（あるいは子どもの成長を見守る親）の立場になったときには、このことを十分にあたまに入れておく必要があるだろう。30を過ぎてから、父にこういわれたことがある。「子どもの成長にとって1番必要なことはなんだかわかるか？　それは達成感だよ。達成感を感じられる人は努力を続けて成長できる。でも子どものときに達成感を感じられないと、なかなか努力することができなくなってしまうんだよな」

いまロースクールでは、いかに合格者を増やすか、合格率を上げるかということを、必死になって考えている。わたしも、上智大学法科大学院と青山学院大学法科大学院の2校に関与しているので、どうしたら合格者が増えるだろうと考えることがある。

闇雲に課題をたくさん与えたり、精神論をふりかざして「とにかく何時間勉強しろ」などといっても、それが合格者の増加につながるものではないと思う。じっさい毎年誤差はあっても、基本的に法科大学院ごとの合格者数、合格率に大きな変動はない。一挙に合格者を増やすための劇薬はないと思う。ただし、方法はある。

生徒1人ひとりが「小さな達成感」を感じられる環境をつくってあげることだ。厳しいことをいうだけが指導ではない。生徒の現在のレベルや性格なども考える。いまその生徒に何が必要か、その生徒が何を求めているかを慎重に考える。そのうえで対応をする。

「小さな達成感」というのは、テストでよい点をとることだけではない。ほめられて嬉しい、という達成感もある。その生徒が伸びたと思う点があれば、できるかぎりほめる。少しでもよいところがあれば、それをきちんと指摘してあげる。「小さな達成感」を感じることができた生徒は、自分でさらに高みに向けた努力を始めるはずだ。

メールで試験の結果などを報告してくる学生もいる。成績が上がったというメールなら「すごいですね」と返信するし、ダメだったというメールをもらったときでも、そのダメだったことを共有してあげる。自分もかつてはダメだった。そのダメな状況と歯がゆい気持ちがよくわかる。

ささいな報告でも受け止めてあげる。気持ちよく聞いてあげる。そうした人の存在は、想像以上に大きいと思う。逆に考えると、勉強をしている人は、ささいなことでも報告をできる人をもつことをおすすめする。親でも兄弟でも、友達でも恋人でも先生でも、だれでもいい。日々の勉強の何かを報告をできる人、話を聞いてくれる人をもとう。

21

作詞作曲にあけくれていた高校時代

中学生のころまでマンガを描いていたといった。高校時代は当時のバンドブームもあってか作詞作曲ばかりしていた。

中学生のとき、小型のキーボードを買ってもらった。当時流行っていたTM NETWORKの小室哲哉さんなどのシンセサイザー音楽にあこがれて、欲しくなったのだ。ピアノなどは習ったことがなかった。通信講座のキーボード講座を受講した。カセットテープでレッスンを聴きながらキーボードの弾き方を覚えた。高校の合格のお祝いに祖母から欲しいものを買ってやるといわれた。「もっと本格的なキーボードが欲しい」といって、当時15万円くらいするキーボードを買ってもらった。

このキーボードはシーケンサーの機能がついていた。ドラム、ベース、ギター、ピアノからホルンやサックス、バイオリンなど100種類くらいの楽器の音を使って、自分で曲をつくることができた。感性にしたがって自分で鍵盤をつかって音を入力し、それを重ねていく。それだけで多重奏になり、音楽が完成するという素晴らしいものだった。

それが面白くなり、高校時代は、キーボードを使って曲をつくることにはまった。歌も自分で歌って、カセットテープに録音した。1日に3曲くらいつくったこともある。1週間くらい続けて毎日新しい曲をつくり続けたこともあった。積もり積もって、高校3年間で作詞作曲した数は100曲以上になった。いまでも全曲残っている。

高校生になると、言葉への関心が強くなった。オリジナルの詩を書くことに夢中になった経験は、なんらかのかたちでいまにつながっているかもしれない。

作詞作曲は、先に詩を書いてから曲をつくることもあれば、曲をつくってから詩をつくることもあった。アコースティックギターも高校2年生のころにはじめた。ギターの弾き語りみたいな感じでコードを奏でながら、詩と曲を同時並行的につくることもあった。自宅の部屋で、キーボードに打ち込んで録音した曲を大音量で流しながら、歌う。それをカセットテープに録音した。

10分テープのA面とB面に1曲ずつ録音してシングルにしたり、60分テープや46分テープなどに10曲くらい録音をしてアルバムにした。ミュージシャン気取りで創作していた。自宅の部屋にこもって1人でやる作業だった。ひきこもりに近い。部活は入っていなかった。放課後になると家に帰り、そんなことばかりしていた。

高校の友達が聴いてくれる機会もあった。録音したカセットテープをクラスメイトに配った。それを聴いてもらうのが楽しみだった。テープが知らずのうちに他のクラスの人にも広まっていたこともあった。クラス替えをしたときに初めて話した友達に「おまえがあの木山か。テープ聴いたことあるよ」といわれたときは、嬉しくなった。

理数系科目の試験のときは、解答用紙にてきとうなことを書いて10分くらいで試験を自主的に終了させた。そのあと問題用紙のうらのまっしろなところをつかって詩を書いた。さらにあたまのなかで音楽を奏でながら曲をつくった。校内の定期試験中のことだ。

いっしょにギターで弾き語りをしたり、作詞作曲をしたりする友達もいた。その友達とは、高校2年生のときに文化祭でフォークゲリラと称して、アコースティックギターをつかって外で叫びながら歌を披露した。高校3年生のときには体育館のステージで、当時流行っていた浜田省吾の「悲しみは雪のように」などをコピーして歌った。

バンドブームで、ちょうどザ・ベストテンなどの音楽番組が終わり、新しいJポップが誕生しはじめた時期だった。バンドなどの音楽をやっている人はたくさんいた。多くの人は有名な曲のコピーがメインだったと思う。わたしは、文化祭では友達とコピーもしたが、個人的にはオリジナル曲を追求し続けた。勉強もせず音楽にはまり続けた。

高校3年生になり大学受験のシーズンになっても、作詞作曲をやめることができなかった。1月になるとみんな勉強に集中する。仕方なく家で受験に向けて勉強したが、すぐにあきてしまった。それで勉強をしている毎日を歌った曲をつくった。そのころに仲のいい友達に「新しい曲をつくったよ」といったときには、さすがに怪訝な顔をされた。おまえ受験前なのに何考えてるんだよ、という顔だった。

最初に受験した大学の入学試験では、こんなことがあった。試験の前日にひらめいて曲をつくってしまった。受験番号が連番だったため、試験会場の座席がその友達と前後でならぶことになった。試験当日の休憩中に、まえに座っていた友達の肩をたたいた。「昨日、いい曲ができたんだよ」とカセットテープをわたそうとすると、やめてくれといわれた。お互いにすべりどめとして受けていたとはいえ、大学入試の試験中のことだった。

こうした不真面目な態度もあって、現役のときの大学受験は3校受けてすべて不合格になった。第1志望の大学は厳しいにしても、すべりどめで受けた大学は受かると思い込んでいた。ショックだった。しかし前日に曲をつくっていたくらいだから受かるわけがない。甘かった。このときの大学受験の失敗が最初の挫折になった。

みんな高校1年生からコツコツと勉強して、最後に追い込みをかけて受験をする。それなのにわたしは高校1年生の最初から勉強もせず、追い込みすらかけられなかった。へらへらしながら大学受験をした。落ちて当然である。しかし受験した3校ともすべて不合格になったことがわかった日は、家に帰り部屋に閉じこもると涙が流れ、止まらなかった。

人生はそんなに甘くないぞ、と教えてもらった瞬間であった。このときの挫折があり、浪人時代はものすごく勉強をした。ちょっとでも自分に甘くなったら大学には行けないと思ったからだ。最後の最後まで、徹底して勉強し続けた。

甘い考えではなにもうまくいかない。しかし本気でがんばってもうまくいくわけではない。その後、大学の期末試験で法律の必修科目の単位を2つ落とし、司法試験に3回落ちたことで、わたしの人生観や価値観はゆさぶられ続けた。その経験が精神を少しずつ鍛えてくれた。

若いときには苦労をしたほうがいいという。苦労から学んだことは、はかりしれないほど大きい。しかし大学受験はともかく、司法試験はどうだろう。あれほどまでむずかしいのはいいことだったのだろうか。いまのように司法試験の合格率が高くなったことは歓迎されるべきだと思う。

あとは受験回数を5年以内で3回と制限しているいまの司法試験制度の是非が残る。合格率が高くなったとはいえ、残念ながら3回とも不合格になることはある。これを三振と呼ぶ。三振した人はふたたび、別のロースクールに入学すれば、また司法試験を受けられるようだ。この場合、高い学費を納めてもう1度ロースクールに通う必要がある。昔の制度のほうがシンプルだった。しかし昔は2%しか受からなかった。わたしのように苦しんだ人は多い。長い年月にわたり受験生活を強いられた人もたくさんいた。どのような試験制度がいいのかは、一概にはいえない。受験生としては、その制度のなかで確実に合格できる方法を模索し、結果を出すしかない。みんなそうやって苦労しながら合格を勝ち取ってきたのだから。

22

38年ぶりの横浜ベイスターズの優勝と司法試験受験

小学5年生のころ、小学校の創立80周年記念のイベントがあった。20年後の自分に手紙を書いて土のなかにうめる。そんな企画だった。いわゆるタイムカプセルだ。人生が10年ちょっとしかない小学生にとって、20年後は果てしなく遠い未来に感じられた。果てしなく遠い未来なら、いまは実現が困難なことでも叶っているかもしれない。夢をふくらませたわたしは、手紙にこんなことを書いた。

「20年後の僕へ。やあ、元気かい。僕はいま○○小学校に通っている。20年後のきみは何をやってるのかな。大洋はもう優勝したかい？　優勝はどうだったか教えてほしいな」

大洋というのは、当時の横浜大洋ホエールズ。プロ野球セ・リーグの球団だ。その後、1992年に横浜ベイスターズになり、2011年から横浜DeNAベイスターズになった。小学校2年生くらいからこのチームを応援しており、ファン歴は30年を超えている。いまでも試合のある日は携帯電話などで試合の状況をチェックしている。

大洋（球団名が2回変わっているので、以下「横浜」という）は優勝など考えられないチームだった。万年Bクラスだった。20年後であれば、さすがに1回くらいは優勝しているのではないかと願った。こうしてタイムカプセルにうめる手紙に、横浜が優勝しているかどうかをたずねる文章を書いた。

未来の僕から、横浜が優勝したかどうかを聞きたい。それが手紙を書いた当時のホンネだった。じっさいには手紙を開封した20年後のわたしが、過去からの手紙を読んで昔を懐かしむものだった。タイムカプセルにうめた手紙の内容は、20年後までずっと覚えていた。20年後に手紙を受け取ったときに感動はなかった。覚えていたとおりの内容が書かれていたからだ。もっとも、手紙に対する答えは「YES」であった。「優勝したよ。1998年にね」と。それが返事（答え）である。98年の優勝は、横浜ファンにとって忘れられない最高の思い出だ。

横浜は優勝する前年の97年に躍進して2位になる。2位になったのは、応援していて初めてだった。このころはヤクルト・スワローズが強かった。横浜が首位ヤクルトに2・5ゲーム差まで迫り、9月に直接対決の3連戦が横浜スタジアムで行われた。ライト側応援席（外野自由席）にかけつけた。いつもがらがらだった球場が満員だった。自由席をとるのにも長蛇の列ができていた。階段にも人が座りトイレにも行けないくらい、外野席がびっしりうまっていた。しかしこの試合、ヤクルトのエース石井一久投手にノーヒットノーランをされた。横浜は勢いを落とし、優勝を逃した。優勝争いをしているのにノーヒットノーランをされるとは、さすが横浜だと思った。試合終了の瞬間に後ろの席から応援バットがたくさん飛んできた。まえのほうの席で観戦していたわたしのあたまにそれがあたった。わたしは大学4年生だった。翌年に司法試験の受験を控えていた。このときはまだ野球を観戦する余裕があった。

年があけて98年。3月の卒業後は、5月に受験することになっている択一試験に向けて猛勉強の毎日だった。模試を受けてもあと2点。いつも合格点がとれない。口のなかがカラカラになり、自分の力のなさを思い知る。そんな毎日でもう野球どころではなかった。5月の択一試験では、模試どおりにあと2点で不合格になった。

大学を卒業したばかりのわたしは無職だった。自主的に勉強に時間を割いているだけだ。何かしようと思えば、いくらでも時間を使える身分だった。しかしそんな余裕はない。翌年の絶対合格に向けて勉強を開始した。そんなときに横浜がまた躍進を始めた。地元のテレビ神奈川（TVK）のナイター中継を食い入るようにみ続けた。夕食後、勉強の休み時間に、自宅で横浜の試合をみるのだ。夏以降の快進撃はすさまじかった。7点くらい先制されても、軽々と逆転する。そんな試合の連続だった。

そして横浜ファンにとっては伝説の、98年10月8日をむかえた。この日、甲子園球場で阪神タイガースとの試合が予定されていた。横浜が勝てば38年ぶりの優勝だ。地元横浜スタジアムでは無料で観客席を開放し、バックスクリーンのオーロラビジョンで甲子園の阪神戦をリアルタイムで流すらしい、ということを知った。午後6時くらいに試合が始まった。最初は自宅でテレビをみていた。しかしすぐに「これは本当に今日じゃないか」という気がしてきた。ついに今日、優勝するのではないか。そんな予感がしてきた。近所の小学生からの友達に電話をかけた。横浜スタジアムに行こうと誘った。その友達も就職していなかったので、平日だが家にいた。自宅の最寄駅の空には大きな満月があった。これは優勝だとわたしは思った。

友達とかけつけた横浜スタジアム。ふだんは座らない3塁側に座った。オーロラビジョンに映しだされる甲子園の試合にみいった。最後はいぶし銀の進藤達哉選手が決勝打を放ち、大魔神佐々木主浩投手がおさえた。優勝した。泣くかと思っていたが、涙は出なかった。不可能だと思っていた横浜の優勝をみることができた。嬉しかった。しかし当時のわたしの日々の生活には、司法試験の受験が影を落としていた。そんななかでの優勝だった。

翌日から横浜の街全体に横浜の応援歌が流れ始めた。日本シリーズも破竹の勢いで勝った。第5戦では西武ライオンズから1試合で17点もとり、シリーズ記録を打ち立てた。日本一になった。強かった。横浜スタジアムは9割以上が横浜ファンでうめつくされた。地鳴りのような応援が鳴り響き、テレビで実況しているアナウンサーも「横浜ファンの声援がものすごいです」と声を大きくしていた。

日本シリーズは球場での観戦はできなかった。本当は第7戦のチケットを友達がとっていてくれたのだが、第6戦で横浜が日本一を決め、シリーズは終わった。毎日録画をしながら、テレビで観戦をした。あれほど弱かったチームが、こんなに強くなる。日本一になるような最強のチームになった。応援もすごい。不思議な快感を呼んだ。自分も絶対司法試験に受かってやるぞ、という思いが強くなった。

なぜ野球の話をしたのかというと、わたしは司法試験の受験時代に横浜に励まされ続けたからだ。努力すれば弱いチームでも、いつか優勝できる。そんな横浜の成長物語を、自分のことのように体験することができた。よく父から横浜の試合をTVKでみていると「負けグセがつくからこんなチームを応援するのはやめろ」といわれた。気にせず「いつか強くなるんだ」と思い応援をしてきた。もうそんなこともいわせないぞ、と思った。同時に今度は自分が優勝しなければいけないな、と思った。

しかし簡単には優勝はさせてもらえない。わたしが司法試験に合格できたのはその3年後だ。横浜はその後、優勝こそしなかったがAクラスを毎年キープしていた。

残念ながら現在の横浜は、昨年（2012年）まで5年連続最下位である。140数試合しかないのに毎年90試合近く負ける。プロのチームなのに勝率は毎年3割台。5位に10ゲーム差以上つけられるのはあたりまえ、というありさまである。情けないくらいに弱い。でも、わたしはかつてこの球団に夢をみさせてもらった。

いまはわたしが応援する番だといい聞かせ、あたたかく見守っている……つもりだが、そろそろ最下位は脱出してもらいたい。

23

ゼミの仲間

法律の勉強では、自習がなによりも重要だ。ある程度の力がついた後は、議論をすることで、さらに思考力や表現力・反論力が鍛えられる。しかし、法律の基礎的な理解を身につけるためには、自習・独習をするほかない。

大学や法科大学院などの授業を受け、講義を聴くことは大切である。しかしそれだけでは、基礎力は身につかない。基礎力を身につけるためには、自分で条文を引いて、そこに書かれている言葉（文言）を読み込むことが欠かせない。その規定のどの文言が、なぜ、そしてどのように問題になるのかといったことを、考え抜く。その解釈論について示された判例を読み、議論を整理した体系書などを読む。

大学で民法を教えてくださった先生も、授業で「法律の勉強は自分でやるものです。講義はあくまでそのサポートに過ぎません」とおっしゃっていた。約5年半にわたり司法試験の勉強をして、そのことは身にしみてわかった。

自分で思考をめぐらし、六法を繰る。議論を整理し、問題点から解決策にわたるまで、流れのよい文章を書く。こうしたレベルに達して初めて、法律の基礎があると評価される。何かを覚えるとか、暗記をするとか、そういった平面的な勉強では足りない。たゆむことなく果敢に条文、判例、体系書を読むことが必要だ。勉強法としては、事例問題を通じてケース・スタディで学ぶほうが吸収しやすい。そのほうが、条文、判例、体系書に書いてあることの意味を深く理解できる。

ある程度の力がついてきたら、仲間とゼミを組むとよい。ゼミを組むメリットは、論文試験の問題に対する解答（論文）をお互いに読む機会が得られることにある。ほかの人はどのような論理展開で文章を書き、その問題の解決策を示すのか。これはゼミを組まないとなかなかわからない。市販の教科書やテキストなどの教材を読んでも得られない情報だからだ。司法試験に合格した人の再現答案は販売されている。再現答案を読むことは、合格した人の答案のレベルを知るためには重要な方法だ。しかしまだ合格していない同じレベルにある受験生が、どのような答案を書くかを知るためには、ゼミを組むことが必要だ。

法科大学院（ロースクール）でも、司法試験の過去問をまわすゼミが学生同士で行われているようだ。それぞれが答案を書いて、みんなの答案を読み、議論をする。

他人の答案を読むことで得られる発見もあれば、自分の答案を他人に読んでもらうことで得られる発見もある。わかりにくい、読みにくいと指摘してもらえるからだ。

ゼミは、応用力をきたえるかっこうの場にもなる。体系書や判例などでも明確な答えが出されていない応用問題がある。こうした応用問題に対する取り組み方（処理の仕方）を学ぶことができる。どのような考え方があり得るのか、その考え方にはどのような問題点があるのか、その考え方はどのような理論（学説）から導かれやすいのか。こういったことは、思考をめぐらさないと整理できない。1人で考えることは重要だ。しかし人と議論することでわかることもある。正解がない応用問題で、自分の考え方（論理の運び方）に矛盾やおかしな点がないかを確認することもできる。これらがゼミのメリットだ。

ただし、基礎力がないのにゼミを始めると、時間の浪費になりかねない。わからない人同士の不毛な議論になる危険がある。基礎力を身につけるためには、授業を有効活用しながら、体系書を読み独習することが1番だ。時間的にも早い。わからないことや疑問があれば、その都度、自分で調べる。調べてもわからなければ、先生や仲間に質問する。議論をする。不必要に長い議論は、仲間の時間を奪うことになる。この点は気をつけたほうがよい。

議論ができるようになると、勉強が面白くなってくる。賢くなった気もしてくる。充実感を得られる。しかし現行の司法試験では、口で答える場はない。わたしが受けた旧司法試験では、口述試験が最後にあったけれど、あくまで最後の最後だった。試験会場では、1人で制限時間内に問題文を読んで、自力で答案用紙に解答を書かなければいけない。その力が求められている。それなのに日ごろからゼミや議論ばかりしていると、余計なこと、細かいことばかりを考えるくせがつくおそれもある。論文試験は、答案に書かれた文章のみで評価される。ゼミはその論文に書く答案の評価を高めるための手段に過ぎない。

わたしは、司法試験の受験時代、数人の受験仲間とゼミを組んでいた。毎週1回午後から夕方の時間をとって、論文の答案練習会（予備校が出題した問題）を素材に答案の検討をした。ゼミを始めたのは、2回目の受験で不合格になってからだ。それまではゼミをする余裕がなく、1人で勉強をしていた。質問をしたり議論をしたりする友達はいたが、その友達が2回目の受験で合格した。

これでは本当に1人になってしまう。そういうタイミングで、その合格した友達の友達からゼミの誘いを受けた。知らない人ばかり4人と顔合わせをし、渋谷の予備校の空き教室でゼミを始めた。上手に仕切ってくれる、勉強が進んでいる人がいた。わたしより受験回数も多く成績も優秀だった。大変勉強になった。夏休みには口述試験対策として、試験委員役と受験生役にわかれて口述ゼミもやった。耳で問題を聞き、その場でしゃべって答える。こうした力は法曹実務家にとっては必須のスキルである。後々も、そのときの勉強が非常に役立った。

このゼミで得た1番の宝物は、仲間だ。司法試験を受けることとは、ロースクールのない当時、孤独な世界にはまることを意味していた。朝から晩まで365日、勉強、勉強の日々。簡単には受からない。挫折と絶望。そんな毎日が永遠に続くかもしれないという恐怖、不安。同じ目標をもち、同じように苦しみながら勉強に打ち込んでいる同志を得た。

ゼミで一緒に勉強していた仲間はみな司法試験に合格した。いまは実務家として活躍している。辛く苦しい暗黒の時代に、同じ時間を共有した。司法試験時代に得た大きな財産だ。思い返すと涙が出そうになることがある。みんな頑張った。よく頑張った。そう思える戦友である。

24

1番を目指しなさい

子どものころにやることで、競争で明確に結果が出るものがある。運動会の徒競走だ。わたしは「1位をとれ」と毎年父からはっぱをかけられていた。1等賞をとりたいと願って毎年運動会に臨んだ。しかし小学校の運動会で1等賞をとることは1度もできなかった。6人中3位が最高。3位は何度かとれたが、4位以下が多かった。

痛い思い出として覚えていることがある。運動会の徒競走本番で転倒したことだ。小学校5年生のときに途中で転んでしまいビリになった。6年生の徒競走でも途中で転んだ。またもや転倒でのビリになった。6年生のときの転倒はひどいケガになった。左ひじをすりむき、夜眠れないほどの痛みになった。傷跡はいまでもひじにくっきりと残っている。

父は子どものころ運動会でいつも1等だったらしい。「おまえも俺の子なんだから足は速いはずだ。来年はがんばって、1位をとってこい」と毎年いわれた。いまおもえばわたしには徒競走で1位をとる素養はなかった。子どものころは、本気で1位をとろうと意気込んでいた。1位をとれないとガックリした。特に5年生と6年生の2年連続転倒はショックだった。

小学校の運動会で1位をとれるかどうかは、どうでもよいことだ。足の速い人は1位をとる。そうでない人は1位をとれない。それだけだ。

高校2年生のころ、どの大学を第1志望にするかを考えることになった。予備校の模擬試験でも、第1志望はどこの大学のどこの学部、と自分で申告しないと判定が出ない。

その時点での自分の学力に照らした穏当な志望校は、どんなに背伸びをしても偏差値60くらいだった。合格可能性があるのは、偏差値50~55くらいだった。団塊ジュニア世代では浪人があたりまえ。受験競争の厳しい時代だった。偏差値表をみているとたくさんの大学がある。自分ならまあこれくらいかなと、わたしは自分サイズの志望校を選ぼうとした。

父にそのことを話すと「間違えている」といわれた。「昔からいってきただろう」という。何のことかと思うと「だから1番を目指しなさいということだ」といわれた。「なんでもそうなんだ。こんなところかな、なんて低いレベルに目標を設定すると、そのレベルに達するのも大変になる。目標は高いところにおかないとだめだ。いま勉強ができなくても、偏差値の1番高い大学を志望校にしなさい」といわれた。

「無理でしょう」というと、「無理かどうかはやってみなければわからない。おまえは本気になっていないだけだ」といわれた。「父さんがいまのおまえだったら東大を目指すね」といわれたので、数学ができないし国公立は無理だというと「じゃあ私大の文系でもいいから、とにかく1番難しい大学を志望校にしなさい」といわれた。

そのときはとんでもないことをいう親父だなと思った。運動会だって結局1番なんてとれなかった。高校の成績もひどいのだ。落ちこぼれなのだ。それなのに1番偏差値の高い大学を志望校にしろという。といっても1番を目指せというのは、1番でなければダメだという結果の強要ではなかった。高いところに目標を設定することで、自分の力を最大限伸ばしなさいという意味だ。それはわかった。それで、じゃあそうするかと思い、第1志望は早稲田大学法学部にした。浪人してからさらに偏差値の高い上智大学法学部を志望校に加えた。これも1番を目指すという発想からだ（自分が挑戦できる私大の文系で、かつ志望する法学部がある大学でということだけど）。

大学生になると、将来はどうしようと悩んだ。民間企業に就職するのはむいていない気がした。自分のできる仕事なんてあるのか。そんな消極的な発想で、将来に不安を感じていた。

法学部で法律の勉強をしているのだから、公務員とか行政書士とかかな。そう思い始めた大学2年生のころ、父に話をすると「だから、いつもいっているだろう」といわれた。またあれかと思った。「1番を目指しなさいといっているだろう。法学部だったら司法試験があるじゃないか」といわれた。「ありえないでしょう」とわたしはいった。「あんな何年も浪人している眼鏡かけた暗そうな秀才たちと戦って、俺が受かるわけないよ」と。

父は「なぜそう決めつけるんだ」といった。「おまえはいつも自分で可能性をつんでしまう。やってみたのか。勉強してみたのか。何もしてないじゃないか。やりもしないで1番を目指さないなんて、能力のある人間がとる態度ではないぞ」といわれた。

そろそろおわかりだと思う。わたしの父は非常に口うるさく、教育に厳しい親だった。小学生のころから、成績がわるいと正座をさせられて長時間にわたり説教をくらった。少しでも反抗的な態度やおかしなことをいうと、ぼろくそに怒られた。口うるさい父は、目の上のたんこぶだった。長年にわたり打ち克つことのできない対象であり続けた。どこを探してもいないくらいに、厳しくうるさい親だった。

司法試験の受験を決めたのは、自分の意思である。自分で考えて決めて、父に受けさせてくださいとたのんだ。大学を卒業してからも勉強をする可能性があるし、予備校の学費が大学の授業料とは別にかかるので「お金を出してください」とたのんだ。

父は「だからいっただろう」といった。「俺がまえにいったとおりじゃないか。がんばりなさい」と、ふたつ返事で了承してくれた。いっぽう、その話を聞いた母は当初は「大丈夫なの、そんな難しい試験なんか受けて」と不安げであった。就職活動の時期になると、企業からたくさんダイレクトメールが届いた。ネットもメールも普及していない時代だから、会社案内などがすべて郵送で送られてきた。わたしは司法試験の勉強をするので就職はしないことに決めていた。祖父も父も大手メーカーに勤めていた。親戚も多くがサラリーマンである。弁護士も法律家も親戚にはいない。司法試験に立ち向かい始めたわたしをみて、同居していた祖母は「なんで就職しないんだよ」となげいていた。「こんなにいい会社からたくさん手紙が来ているのに、おまえはなんで就職活動をしないんだろうね」とため息をつかれた。

大学の友達に司法試験を受けるといったときは、みんなびっくりしていた。上智大学は司法試験を受ける人は少なく、友達に同じ道を進もうとする人はいなかった。最初は1人いた。しかし「司法試験を受けるのはギャンブルだから俺はやめるよ」と、ある日いわれた。彼は途中で就職活動にきりかえた。わたしは1人になった。もっとも彼の知り合いでLEC（東京リーガルマインド）に通っていた同じ大学の同学年の人を紹介してもらった。その友達が2回目の受験で司法試験に合格した後に、わたしとゼミを組むことになる友達を紹介してくれた。彼との縁のつながりでゼミ仲間を後に得ることになった。

わたしの進路は、自発的に選択したものだ。しかし幼いころから「1番を目指しなさい」と父にいわれ続けたことの影響を受けたことは事実だ。こうした言葉をかけ続けてくれた父には感謝をしている。学生時代まで、明確な目標をもてずにまったく動けないタイプの人間だったからだ。

弁護士になってから、そのことを父に話したことがある。すると父は「いろいろあったけど、おまえが一生懸命、勉強をがんばっているのに、合格できない姿をみているのが1番辛かったよ」といった。「親は何もできないんだよな。あんなにがんばってるのに受からないんだもんな。でも受かってよかったな」と笑っていた。「それから、おまえは父さんからいわれたから勉強をしてきたかのようにいうけど、本当にそうなのかね、何もいわれなくても、この道を自分で選んだんじゃないかなと思うのだけど」ともいわれた。

もしわたしの父が口うるさくなく「1番を目指せ」というタイプでなかったら、どうなっていたのかと思う。いまを基準に考えれば、でも勉強したんでしょう、本当は得意だったんでしょうと思われるかもしれない。しかしそうではない。明らかにわたしは落ちこぼれだった。自信がなくできのわるい、何も得意なものがない人間だった。そうしたコンプレックスが自分を奮い立たせた。いつか逆転してやるという気持ちにつながった。1番を目指しなさいという言葉は、わたしの負けず嫌いな性格を揺さぶり、奮い立たせるための言葉だったのだ。

弁護士になってからも、何かで1番を目指そうとつい考えてしまう。「こんなところでいいや」という意識で何かをするよりも、「1番を目指すぞ」という目的意識があるほうが、よい結果を生むように思う。1番をとれるかはわからない。1番が全てというわけでもない。結果よりもプロセスに意味がある。しかし目標や夢をありえないくらい高いところに置いてみるのは、1つの方法だと思う。どれだけ力を発揮できるかは、その人の資質やタイプによるだろう。その意味では、自分の力を存分に発揮できる分野を探すことが、まずもって大事だ。

本を出版するときにも、1番を目指してしまう。「週間ベストセラー第1位、月間ベストセラー第1位、年間ベストセラー第1位に入りますように」と何度もお祈りをする。傍からみたらこっけいな姿だ。週間ランキングですら1位をとったことはないのだから。そもそも読んだ方に喜んでもらうために書いているのに、である。ランキングのために書いているわけではない。それでもつい目指してしまう。1番である必要はないのだけど。

25

願望をかなえるためには、目標を立てるのがいい？

「夢をかなえるためには、その夢を書き出してみることです」といったことが、自己啓発書にはよく書かれている。

このお題に対しては「書き出してみると夢が具体的になり目標が明確になる。それを毎日みることで潜在意識に目標がすりこまれるから、夢がかなう」という考えがある。

それに対して「夢なんて書き出す必要はない。心のなかにとどめておくべきだ。それどころかそもそも目標を立てる必要もない。目のまえにある仕事、目のまえにやってきたことにひたすら取り組むことで、自然といまのポジションに来た。自分で目標を立ててそれに進むよりも、自然の流れにまかせて日々を大切にすることのほうが大事だ」という考えもある。

いずれの考えも正しいように思う。わたしはどちらかというと、目標は紙に書き出してきた。無制限にいくつでも書いてよいと考えると、思ってもみなかった夢や目標が出てくることがある。それが紙に書き出すことの意味だと思う。もやもやと漠然としていたものが、言葉にしようとすることで具体的になる。自分はこういうことがしたかったのか、とわかる。

しかし他方で、紙に書き出した夢や目標にこだわりすぎるのもよくない。新しいチャンスがやってきたときに断ってしまうと、未知の体験ができなくなる。もちろん明確な目標がある人にとっては、関係のないこともあるだろう。そうしたものは自分の直感にしたがい、必要がないのであれば断ればよい。明確な目標がある人にとっては、やらないことを明確にすることのほうが重要なこともある。逆に明確な目標がないうちは、目のまえにやってきた仕事に全力で取り組むことが大事だと思う。

なにかを成し遂げる、夢をかなえる、目標を決めて達成するというプロセスは、その人の状況によって違う。進むべき道はさまざまにある。状況によっては正しい判断も1つではない。

自己啓発書は上手に利用すればよい。それに依存してしまうことだけは避けなければならない。いまの状況を1番よく知っているのは、他ならぬ自分自身だからである。

自己啓発書を読んでいると、「成功本を読んでも、ほとんどの人が成功しないのはなぜでしょうか」といったことが書かれていることがある。なんともむなしい言葉だとわたしは思う。他人のことなどどうでもいい、と思うからである。わたしたちは成功法則を研究する必要はない。何かの法則があるならそれを利用し、法則がないなら自分でがんばり願望を実現する。それだけだ。自分が立てた目標を達成する。1つひとつ夢をかなえる。それができるかどうか、それに向かってなにができるか、何が得られるか、それでいい。読めば必ず成功するなんて、そんな本などそもそも存在しないのだ。自分が前に進むために必要性があるのなら、その本を読んで必要なエッセンスをもらえばいい。1冊にしぼる必要もない。

わたしが明確に紙に書き出すことで、達成できたと感じている目標は、本を書くことである。わたしはあるとき、1年で8冊出版したいと考えた。2008年の5月である。ちょうど2冊目の単著になる『小説で読む民事訴訟法』を出した後だった。手帳に「2008年は本を8冊出版する」と書いた。おかしな話だ。これまで人生で2冊しか本を出してないのに、1年に8

冊も出せるわけがない。しかしいまの時点ではありえないくらいの目標を書きたいと考えた。その夢はもちろんその年には実現しなかった。でも1年で3冊の本を出版することができた。わたしのなかでは8冊の目標だった。結果は3冊。だから満足できなかった。

この流れで「執筆熱」が続く。そんな目標も忘れたころ、2012年に1年間で8冊の本を出すことができた。2008年に1年に本を8冊出したいと書いたのは、そのときのきまぐれな夢物語だった。しかしそれを紙に書き出して何度もみていたことが潜在意識に残っていたのかもしれない。2012年に8冊出したのは、たまたまのことだ。前年に原稿を書き上げたものの出版されていないものが4冊あった。それがスライドして2012年に来た。

そもそも本はたくさん出せばいいというものでもない。10万部を超えるようなベストセラーを書きたいとまえから思っている。これはまだ実現できていない。実現できていない夢や目標はたくさんある。1つにしぼってしまうと夢なんてかなわないものだと思ってしまうかもしれない。しかし実現できそうなものもふくめてたくさん書き出しておけば、どれかはかなうことがある。少なくともそれに近づくものが出てくるはずだ。

わたしの場合、税務訴訟については入所した事務所でたまたまご縁があった。入所する以前から税務関係の仕事を希望していたわけではない。ただし、「専門家になりたい」という気持ちはあった。その意味では願望がかなったといえるのかもしれない。いまはもっと数多くの税務訴訟で勝訴判決を得たいと思っている。なかなかうまくいかないけど。棄却判決をもらったときには落ち込む。全力で取り組んできたことすべてが否定されたような気持ちになる。しかしまえに進むしかない。負けから学ぶことは多い。

弁護士業をするなかで学生に教える時間をとるのは、準備の時間も含めるとなかなかしんどい。しかしご縁は大切にしたいと思い、ロースクールでの講義をお受けした。やってみると、教えることで学ぶことが多い。できるかぎり関連事項を調べ尽くす。講義をすると、さらにあたまが整理される。講義のためにみた判例が、実務（税務訴訟）で役立つこともある。いろいろなことがリンクしている。弁護士業に、執筆に、授業。様々なことをやっていると、何かに浮き沈みがあっても、どれかにやりがいを感じながら過ごすことができる。

ご縁でスタートしたロースクールでの講義だが、上智大学法科大学院での文章セミナーは今年で4年目になり、青山学院大学法科大学院での租税法の授業は3年目になる。こうなったら嬉しいなということがある。1つは、わたしが教えた学生が全員司法試験に合格することだ。

将来活躍する人がたくさん出てきたら、なお嬉しい。型破りのポジションを確立する人が出てきても面白い。「弁護士なのに本ばかり書いている先生をみて、わたしは○○をしてみました。どうです？　先生」そんなふうにいわれる光景をいつかみてみたい。それがいまのわたしの夢である。

26

弁護士をしながら本を書く

出版する本については、一般向けのものが多くなってきているが、専門的なものもある。本書の版元である弘文堂からこれまでに刊行した本は、①『税務訴訟の法律実務』(2010年)、②『租税法重要「規範」ノート』(2011年)、③『最強の法律学習ノート術』(2012年)だ。いずれもコアなターゲットを想定した専門書といえる。

①は「税務訴訟」というマイナーな分野に属する裁判を対象にしている。ハードカバーで400頁弱あり、読者対象は弁護士・税理士といった専門家である。②は法科大学院生や法学

部生など主として「租税法」の勉強をしている方に向けて書いた本である。コアターゲットは司法試験で「租税法」を選択科目にしている学生および受験生だ。司法試験の合格者のうち租税法を選択している人は数％しかいない。これに対して、③は裾野がだいぶ広がるが、あくまで法律を勉強している人向けの本である。法律の勉強の仕方を、ノートの書き方を中心にまとめたものだ。上智大学法科大学院の学生から「ノートはどうやって書けばいいですか？」「情報の集約がむずかしいです」といった質問や相談を受けることが多かった。そして実現したのが、ノート術である。類書はほとんど存在していなかった。しかしそこにはニーズがあると考え、挑んだ作品だ。幸い法律書にもかかわらず、発売から3か月で増刷がかかり、約1年で3刷になった。

それ以外にも『弁護士が書いた究極の～』シリーズ（合計5冊。いずれも法学書院）といった学生や社会人向けのビジネス書に近い本もある。ストーリー（小説など）を使うことでわかりやすく法律を解説することを目指した本もある（『小説で読む民事訴訟法1・2』『小説で読む行政事件訴訟法』（いずれも法学書院）、『憲法がしゃべった。』（すばる舎リンケージ）、『本当は怖いハンコの話』（祥伝社黄金文庫）、『分かりやすい「民法」の授業』（光文社新書）など）。

２０１１年から２０１２年にかけて執筆量が増えた。弁護士業務やロースクールでの講義もある。仕事が増え続け、しんどくなってきたところはある。これまでは睡眠を削ることで時間をつくり出して書いてきた。夜更かしをしながらドラクエ（ゲームソフト）にはまっているような感覚だったけど。

ものを書くことは楽しい作業である。書けば書くほど文章力や表現力が上がっていくのが実感できる。いまは執筆するまえにメモをつくったり、下書きをしたりということはしない。最初につくった目次の見出しの言葉をたよりに、その場で考えながら書く。考えてから書くのではなく、考えながら書く。もっというと、書きながら考える。つまり書く作業をする際に同時に考えている。パソコンのキーボートに手を置くと、手が勝手に動き文章を書いていくという感じだ。

まえにはこんなことはできなかった。たくさん書いてきたこと（アウトプット）による経験値の影響かもしれない。読書をするときでも、書き手として参考になる表現や構成をつねに意識しながら読むようになった。いい文章や表現があれば蛍光ピンクのマーカーを塗る。いい文章があれば何度も読む。

本を書き始めたころには、パソコンで打った原稿を紙にプリントアウトして読み返すと、へたくそな文章で絶句した。その後に推敲して完成させたはずの原稿も、ゲラ刷りになってみると絶望を感じた。およそ世の中に出す文章ではないと肩を落とした。ゲラの段階でも納得行くまで赤入れをしまくった。このクセはいまも同じだ。

一般書も多く書いている弁護士は、日本にはまだ少ないと思う（というかほとんどいないだろう）。このことについては、同業者から批判をされる可能性がある、と、企業法務で著名な久保利英明先生からアドバイスをいただいたことがあった。わたしが『弁護士が書いた究極の勉強法』（法学書院・2008年）を出したときである。先生は日本経済新聞の広告でこの本を発見し、読まれたとのことだった。鳥飼先生とともにお食事にも招待してくださった。久保利先生はわたしの本の余白にメモをたくさん書かれていた。

20代から30代くらいの若い人に向けて書いた本だった。企業法務のフロントランナーと呼ばれる超一流の弁護士の先生が、わたしが書いたその本を読み込んでくださっていた。本の内容についてもいろいろご質問やご指摘をしてくださった。そのときに久保利先生から「これからもたくさん本を書いてください。本をたくさん書けば批判する人も出てくるだろうけど、気にしないことです」というあたたかい言葉をいただいた。『「はしがき」に見る企業法務の軌跡』（商事法務・2012年）というご著書のはしがきによれば、久保利先生は弁護士生活丸41年のなかで合計62冊の本を出版されている。スペシャリストとしてのご著書も非常に多い方だ。第1冊目の『会社更生最前線』（ぎょうせい・1980年）を出版してから32年になるという大先生のメッセージは、本を書き始めたばかりのわたしにとって励みになった。

これまで900冊を超える本を書かれているベストセラー作家の中谷彰宏先生からも、メールなどでアドバイスをいただくことがある。新刊を出すたび中谷先生にお送りしているが、ものすごいスピードで感想をメールで送ってくださる。そして、気づいたことなどを指摘してくださる。本を書くことは、大きな楽しみだ。書く喜びだけでない。出会いも増える。ロースクールなどで講義や講演をする機会が増えたのも、本を書いたからだと思う。ロースクールで講義をしたいと思って本を書いたわけではないけど（本音をいうと、司法試験にはもうかかわりたくなかった）。

教えることから学ぶことは多い。少しでも学生に勉強の面白さをわかってもらえればと思うと、やる気も出てくる。当分はロースクールでの講義なども続けていきたいと思っている。いまの執筆ペースで今後も本を出し続けることができるかはわからない。出版社から執筆の機会をいただけるかぎりは、これからもさまざまなジャンルに挑戦していきたい。

27
読書から得た計り知れないエネルギーと知識、知恵

年に400冊以上の本をコンスタントに読むようになったのは、大人になってから。しかも弁護士になってからである。子どものころや学生のころのほうが、いまよりはるかに自由な時間があった。しかし当時はそんなにたくさんの本を読むことはできなかった。多くの人生経験をすればするほど深く味わえる。それが、読書の醍醐味だと思う。

高校生の夏休みに、夏目漱石などの名作と呼ばれる小説にトライしたことがあった。1冊を読み終えるのに使うエネルギーは、並大抵のものではなかった。本を読んだ経験が少なく、文

章を読む力が未熟だったことが原因の1つだ。それ以上に書かれている内容を理解することができなかった。恋や三角関係など、意味はわかるのだが、主人公や登場人物の気持ちを実感することはできない。結婚や仕事がからみだせばそれこそまったくわからない。高校生の日常にはほど遠く、興味や関心もなくなる。

大人になり多くの経験を重ねてわかった。日ごろ感じていることや、悩んでいること、日々深く考えていることなど、さまざまな日常体験につながることが、小説にはたくさん書かれている。それでがぜん面白くなった。わかるから、理解できる。わくわくして読める。スピードも出る。自然にページを繰ってしまう。

忙しい生活のなかで大量に本を読むようになったのには、きっかけがあった。じつは弁護士になって3年目の2005年の秋に、体調を崩して2か月ちょっとの入院をしたのだ。入院は生まれて初めてのことだった。弁護士としての仕事もようやく本格的になってきたところで長期入院になった。悔しかった。所長の鳥飼先生からは「入院も勉強です。事務所で仕事ばかりしているより、よほど勉強になりますよ」とあたたかい言葉をいただいた。入院中は仕事はせずに、体を休めることができた。

入院してしばらくは、本を読む体力も余裕もなかった。しかし、病気の原因もわかり治療の目処が立ってきたころには、入院生活にも慣れてきた。すぐに退院をすることができない状況だったため、どうせならたくさん本を読んでみようと思った。ふだんは忙しくて本が読めなかった。しかし、偉人や世に名を残している企業家などは若いころに大病をして、入院中に読書に目覚めたというエピソードを聞く。自分もやってみようと思い、本を読み始めた。

病院では寝ているだけの生活。ある日など朝から翌朝まで、眠ることなく食事以外ほとんどずっと本を読み続けた日もあった。転院後の病院では個室にしたため消灯後もスタンドの電気をつけてベッドで寝ながら本をむさぼり読んだ。夜、みまわりにきた看護師さんも、大目にみてくれることが多かった。若いのにかわいそうにと思われたのかもしれない。31歳のときだ。

ベッドで横になっているだけなので、夜もあまり眠くならない。それに次の日もどうせ寝ているだけ。何もすることはない。そういう環境のもとで本を読み出したら、読むことを止められなくなるほど読書にとりつかれてしまった。入院生活の間に50冊くらい読んだと思う。ジャンルはさまざまだった。病気になっていたこともあり、医師が書いた健康ものの本をたくさん読んだ。それから小説を読んだ。ふだんはじっくり読めないようなむずかしめの文学作品をメインに読んだ。法律書は1冊も読まなかった。時間がたくさんあったので、新聞をすみからすみまで全文読んだりもした。すみまで読んでいると新聞には大した情報がないこともわかった。全文読むことは予定されていない媒体だということがわかった。

2か月で50冊。これは当時のわたしとしては驚くべき読書量だった。しかしいまは仕事をしながら1か月に30冊以上は読んでいる。そのきっかけが、入院だった。

わたしが主任として担当した税務訴訟で初めてもらった勝訴判決は、この入院中のことだった。一緒に担当していた同じ事務所の女性の税理士からある日、携帯電話にメールが届いた。数億円の課税処分の取消しを求めた税務訴訟で、依頼者が全面勝訴をした。その報告を病院のベッドで受けたときには、飛び上がるほど嬉しかった。いますぐにでも復帰して仕事をしたいと思った。しかし体の状況はそうはさせてくれない。入院中は、いったいいつになったら退院できるのだろう、なんで病気になってしまったのだろう、とあせることもあった。幸いなことに、担当した事件で初めて勝訴することができた。翌日の新聞に記事が出ていたので、病室の棚のうえに記事がみえるように新聞を置いた。看護師さんはだれも気づかなかった。名前がでているわけではない。そういう判決があった、国税当局側が敗訴したという記事が書かれているだけだ。気づくわけがないのだけれど。

入所して3年目で数か月の入院をしてしまった。こんなことをしていて大丈夫なのだろうかという不安もあったが、いろいろなことを考える機会にもなった。病気になり、複数の病院、複数の医師にみてもらった。専門家の役割の重要性を改めて実感することができた。入院中は患者であり、専門家にみてもらう側になった。ふだんの仕事でわたしが弁護士としてクライアントにサービスを提供する場面と似ている。逆の側面だ。専門家からサービスを受けるとはどういうことなのかを体験することができた。医療と法律はもちろんサービスの性質が異なる。しかし提供を受ける者に対しての説明の仕方や範囲、程度などの問題、提供を受ける者からの積極的な情報提供の必要性などは基本的に同じだと感じた。このときは自分が病気であり治してもらうという立場ではあったが、仕事についても大きな示唆を得た。

この入院がなければ、いまのようにたくさん本を読むようにはなっていなかったかもしれない。本もこれほど多くは書けなかったかもしれない。入院中の読書体験が、自分にも本が読めるという自信を芽吹かせてくれた。なにがきっかけになるかわからない。

28

司法試験の勉強を支えてくれた家族

わたしが司法試験3回目の受験に敗れ茫然自失となったときに、同居していた祖母（父方）が「おまえの結婚費用としてためてきたお金があるから、それを使いなさい」といってくれた。合格発表後、不合格を受け入れられず、初めて自宅に連絡もせずに帰らなかった日の翌日だったと思う。「もうこんな試験は受けない」「向いてない。終わりだ」と泣き崩れていたわたしを心配して、祖母が声をかけてくれたのだ。わたしが司法試験を受けるといったころに、なんで就職しないんだとぼやいた祖母がである。

大学を卒業した後、無職で勉強をし続けるためにはお金が必要だった。答練、模試、テキスト、問題集、体系書、判例集、なんでもお金がかかる。改訂版や新しいテキストが出れば本来入手すべきだが、3000円、5000円とかいう値段がついていては、躊躇せざるを得ない。予備校の通信教材なども聞きたいものがたくさんあったが、数十万円の費用がかかるとなればこれも断念するしかない。そんな我慢の生活を送ってきた。もちろん親にお金を出してもらっていたが限界があった。そこに祖母の言葉がかけられた。

わたしはその言葉にあまえて最後の1年間は、祖母から司法試験の勉強に必要な書籍代のすべてを負担してもらった。毎月購入した本のリストをメモ用紙に書いて、祖母に報告した。今月はこれだけ使いました、という報告である。足りなくなったお金はすぐに出してくれた。予備校の答練や模試の費用は親があいかわらず出してくれたが、書籍代で遠慮する必要がなくなった。たくさんの書籍を購入した。といってもお金がないなかで出してもらう身である。高田馬場にあった予備校で本のフェアが開催されることがあれば、横浜から電車に乗って買いに行った。10％の割引でも、大量に購入すると電車賃をかけてでもそこで買ったほうが安くあがるからだ。消しゴム、ボールペン、マーカー、ノート、カードなどの文房具も、横浜駅周辺で一番安いお店をみつけてそこでいつも購入していた。

職がなくお金がないのにお金がかかる勉強を続けていることの情けなさは、思い出すだけでも涙が出てくる。つらい日々だった。そのつらい日々を支えてくれたのがいまは亡き祖母であり、家族だった。

お昼を外で食べるお金はなかった。母が毎日お弁当をつくってくれて、予備校でそのお弁当を食べた。子どものころから口うるさかった父は、司法試験の受験中に口うるさいことをいうことはなかった。わたしが毎日朝から晩まで勉強をしている姿をみて努力しているのを知っていたからだ。それでも受からない、大変な試験だということを理解してくれていた。

最初の択一試験に落ちたとき、怒られるかと思いながら、夜、父の携帯電話に電話をかけた。予想に外れて「一生懸命がんばったのだから、もう1回がんばりなさい」とあたたかい言葉をかけてくれた。その後も父はわたしの受験を見守り続けてくれた。3回目の受験で落ちてわたしが家に帰らなかったときは、わたしの携帯電話の留守電に「大丈夫か。心配しています。どこにいますか」というメッセージがたくさん吹き込まれていた。そして受験を断念せずに、もう1回チャレンジすると決めたあとは、本物の四つ葉のクローバーが入ったキーホルダーを買ってきてくれた。「試験に受かるためには努力も大切だけど、最後は運も大切だ。今年は運を高めなさい」という父の心遣いだった。そのキーホルダーには「グッドラック」と書かれていた。試験のとき、会場に必ず持参した。「グッドラックの神様、わたしをどうか合格させてください」と、その四つ葉のキーホルダーをにぎりしめながら心の中でお祈りをした。択一試験でも、論文試験でも、口述試験でもすべての会場で試験開始前にお祈りをした。

わたしには11歳年の離れた妹がいる。妹はそのころ中学生だった。3回目の受験に敗れ、失恋し、自暴自棄になっていたのをみてか、ある日わたしの部屋に来て「手紙が届いています」と手紙をくれた。読んでみると妹の字でこう書かれていた。「5年前の僕へ。やあ元気か。僕は5年後のひろつぐだ。5年後には弁護士になっている。だから安心して勉強しなさい。いまはつらいだろうけど、がんばりな」そんな内容の手紙だった。

受験勉強でほとんど友達づきあいも断っていた。夏休みに飲み会をやろうと声をかけてくれた高校の同級生はわたしの受験のことなど気づいていないようなふりをしながら、乾杯のときには「試験おつかれさまでした。今日はたくさん食べてくれ」とねぎらいの言葉をかけてくれた。

いまは自分でお金も稼ぎ、夢もある程度は実現させ、やりたいことをしている。しかしこのころのわたしは本当に何もない、何者でもない、ちっぽけな存在だった。すぐにでも消えてしまいそうな弱い人間だった。試験に合格できなかったこともそうだ。お金がなかったこともそうだ。3回目の受験のときには失恋もあった。じつはそのあと、身体も壊してしまった。せきが止まらず、息苦しい毎日を過ごしていた。精神的にも肉体的にもぼろぼろになり、体重も落ち、やせほそった。ズボンはベルトをしても、歩いているうちに落ちてきてしまう。こんな生活が一生続くんじゃないかと、完全に自分を見失っていた。

そんななかでまわりの人たちが支えてくれた。人のあたたかさほど素晴らしいものはない。この「暗黒の時代」に知ったことだ。

お金を出してくれた父方の祖母は『小説で読む民事訴訟法』を出して間もなくの、2008年6月に亡くなった。実家に帰ったときにできたばかりの本を祖母に手渡すと「おまえが立派になっておばあちゃんは嬉しいよ。鼻が高いよ」と喜んでくれたが、それが最後の会話になった。このときは元気だったのだが、そのあと突然くも膜下出血で倒れると、そのまま息を引き取った。この年は12月に米寿のお祝いが待っていた。喜寿のお祝いをしたとき、わたしは大学生で司法試験の予備校に通いだしたころだった。米寿のお祝いは盛大にしてあげようと思っていた。あと半年というところで元気だった祖母が突然逝ってしまった。祖母が米寿を迎えるはずの2008年12月13日、亡き祖母への感謝をこめて『弁護士が書いた究極の読書術』を上梓した。奥付の発行年月日は「通常は15日です」といわれたが出版社の方にお願いして、祖母が米寿の誕生日を迎える予定だった「2008年12月13日」という日付けを入れてもらった。

自分が受けた恩を返すには、それくらいしかできなかった。母方の祖母には司法試験の合格すら、きちんと報告することができなかった。わたしが1回目か2回目の試験に不合格になったあとに親戚に不幸があり、母方の祖母と会った。そのときに「もうすぐ受かるからがんばるんだよ。あとちょっとだよ」と、会った瞬間に声をかけてくれた。涙が出そうになった。それがまともな会話としては最後になった記憶だ。そのあと母方の祖母は脳梗塞でたおれ寝たきりの生活を長く送った後、2007年8月に亡くなった。母方の祖母はわたしが司法試験に苦しんでいるのをみかねて、母に「泰嗣《ひろつぐ》に読むように渡しなさい」と本をプレゼントしてくれていた。わたしに買ってくれた本のタイトルは『信念の魔術』(C・M・ブリストル(著)・大原武夫(訳)・ダイヤモンド社・1982年)。しかしわたしには当時の記憶すらない。その祖母が亡くなった後に、母から「そういえば受験時代におばあちゃんからもらった『信念の魔術』は読んだの？」といわれた。母がいうにはわたしが「司法試験の勉強中に読書する時間などない」とまったく受け付けず、本を受け取りもしなかったらしい。その記憶すらないが、いわれてみればそう答えただろうと想像はできる。いっぱいいっぱいだったからだ。しかし母からこの話を聞いたとき、わたしは『信念の魔術』を読んだ直後だった。たまたま横浜駅東口にある紀伊国屋書店でみつけて、面白そうだと自分で買って読んだ後だった。祖母からプレゼントされた本を受け取ることはなかったけど、祖母が亡くなってからそのことも忘れ自分で買って読んでいた。「不思議なことね」と母も驚いていた。『信念の魔術』は夢や願望は念じればかなうという話だ。試験に受からずに苦しんでいたわたしのために、祖母がその本をみつけプレゼントしてくれていた。その事実が、いまのわたしにはこのうえなく嬉しい。

29

過去と現在。現在と未来。

横浜の実家に帰ると、フラッシュバックが起きる思い出深い道がある。

大学を卒業してから約4年間、横浜駅東口のスカイビルにある司法試験予備校の自習室に、毎日通って勉強をしていた。まだ開店前の朝の静寂に包まれた横浜駅東口の地下道を歩き、そごう百貨店の入口前を右に曲がる。丸井の入口がみえ、すぐ次にスカイビルが出てくる。このビルの19階、20階に通い続けた日々は、永遠に続くのではないかと思うくらい暗い道の連続だった。唯一明るかったのは1998年に横浜が優勝した年。そごう百貨店の入口前には、絶対的な守護神佐々木主浩投手をたてまつった「ハマの大魔神社」なるものができた。ベイスターズブルーで街が一色になっていた。小学生のころから横浜ファンだったわたしは、新聞やニュースでも話題になっている大魔神社のまえを毎日歩いて通っていることに誇りをもった。しかしそんなブームはあっという間に去り、大魔神社も横浜の日本一が決まるとやがて姿を消した。そのあとさらに3年間、この道を毎年ほぼ365日に近いくらい通った。土日も通っていた。夏休みもなかったし、冬休みもなかった。12月は大晦日まで通い、正月三が日くらいが、唯一、自習室に通わない日だった。

当時住んでいた実家から横浜駅に向かって高架を走る東横線沿いに流れる道を、最寄駅まで歩く時間があった。この東横線の高架はいまはない。跡地が遊歩道になっている。フラッシュバックがたまに起きるのは、このどかな道だ。

司法試験の受験勉強をしていた当時、この高架下では毎日のように大がかりな工事が行われていた。高架を通っている東横線を地下にもぐらせる計画の実施のためだった。東横線が横浜駅に入るまえに地下にもぐる（部分的に地下鉄になる）という話は、中学生のころにうわさで聞いた。「いずれは地下鉄になるみたいだよ」と学校でだれかから聞いたのだ。最寄駅が地下にもぐってしまう。生まれたときからその町に住んでいたわたしは、思い出がつまっているその駅が未来のいつか地下鉄になってしまうと聞いて、少し寂しくなった。

ところがわたしが高校生になっても、いっこうに地下鉄の話は進まなかった。高校を卒業して浪人生になってからも、地下化の気配は感じられなかった。本格的な工事が始まったのはわたしが大学3、4年生くらいのころだったと思う。司法試験の勉強を開始したころだ。

ようやく地下化に向けた工事は始まった。でも地下鉄になる気配はまだなかった。いったいいつになったらこの工事は完成するのだろう。そう思うくらい、毎日工事をしているという日々が続いた。それがわたしが横浜駅の予備校の自習室に通っていたころの、その道の状況だ。

大学を卒業すると無職になった。ロースクールがあれば法科大学院生といえるのだろうが、当時はない。予備校の自習室に通っているだけで、学生ではない。当時はプー太郎という言葉であらわされる身分だった。同級生は社会人になってスーツをきてかっこよく仕事をしている。給料ももらっている。しかし自分は止まったままだった。お金をかせぐこともない。親のすねをかじって、青白い顔をして毎日じめじめと勉強をしている。そんな身分が嫌で嫌でたまらなかった。

さっさと受かりたかった。一発合格してかっこいい法曹になろうと夢を描いていたが、1回目の受験では択一試験で落ちた。このときわたしは、この試験はそう簡単には受からないのではないかと感じた。

人にみられることも、嫌になってきた。その道を歩いていると地下化に向けた工事が行われている。そこに毎朝会うおじさんがいた。ヘルメットをかぶって汗をたらして、通行人の道案内みたいなことをやっている。そのおじさんには大学生くらいのころから会っていた。話は1度もしたこともないが、毎朝「おはようございます」といいあっていた。それが大学を卒業しても続くことになった。1回目の受験で受かればその道を私服で通うこともなくなるだろうと思っていたが、そうはいかなかった。24歳を過ぎた男が私服で毎朝家を出て、工事のおじさんと挨拶をする。いま思えばなんでもない光景だ。しかしわたしはそれが異様に恥ずかしかった。工事のおじさんからはなんと思われているのだろう。大学も卒業したはずの若者が仕事もしないでぶらぶらしている。いったい彼は何をしているのだろう。そんなふうに思われないだろうか。そんな気持ちだった。

うつむきがちになりながらも、そこを通るときには毎朝「おはようございます」と挨拶を交わした。東横線の高架沿いの道を歩いて、最寄駅に向かう。それが大学卒業後、約4年間続いた受験勉強中の、わたしのルーティンだ。ある日、わたしは、ハッとなった。司法試験に永遠に受からないのではないかと思われてきた「自分の境遇」と、永遠に完成しないのではないかと思われている「東横線の地下化工事」の状況とが似ていることを感じたのだ。そしてどうせお互いになかなか先がみえないのなら、競争してやろうと思った。自分が司法試験に合格するのと、この地下鉄の工事が終わるのとどっちが早いか。俺は負けないぞと思った。その工事はほんとうに長く、もはや近所の人にとっては永遠に完成しない工事のように思われていた。そんなのんびりした工事には負けまい。自分も長くかかるかもしれないけど、おまえには負けないぞ。そんなことを毎日ぶつぶついっていた。がたがたと騒音が鳴り響く、ヘルメットのおじさんと挨拶をする道を、ひたすら歩き続けた。

この話は、だれにもしたことがない。本書で書くのが初めてである。結果、わたしは勝負に勝った。2001年の秋に司法試験に合格した。わたしは東京の法律事務所に就職が決まり、2003年の春には東京に引っ越した。工事のほうも着々とがんばっていた。2004年2月のみなとみらい線の開通とともに、実家の最寄駅も地下にもぐることになった。その後も高架はしばらく残っていた。あるとき実家に帰ると高架もなくなり、高架跡地が遊歩道になっていた。２００６年を過ぎてのことだ。感慨深かった。その遊歩道を歩いていると、もう何年も昔の工事をしていたとき、自分は受験生で、競争してやろうと思ったときのことが思い起こされた。その後も遊歩道はどんどん綺麗になった。さらに整備がされた。いまでは横浜駅まで歩いていけるようになったようである。

この遊歩道を歩いていると、もう10年以上も昔、自分がもがき苦しんでいたころがよみがえってくることがある。フラッシュバックが起きる。あのヘルメットのおじさんはどこに行ったのだろう。いまは別の場所で工事をしているのだろうか。けっこう年をとっていたからもう引退したかもしれない。

それにしても、何も恥ずかしいことなんてなかった。目標をもって難関といわれる試験に向かって、ただひたすら毎日毎日、あのおじさんと同じようにわたしも工事をしていただけなのだ。

あとがき

本書は、わたしの昔の体験や、考えていることなどを気ままにつづったエッセイです。あくまでエッセイですので、これが何かのお役にたてるものなのかはわかりません。役に立てようという発想よりも、気軽な気持ちでお読みいただき、へえそうなのかとか、なるほどねえと何かを感じとっていただければいいのかなと思っています。

本書の内容は「自叙伝」に近いですが、その構成は年代順にはしていません。あくまで気ままな文章として、書いてみたかったからです。

小学生のときはこうでした。中学生はこうなりました。高校生ではこうなって、大学生ではこうなりました。そのあと司法試験を受けました。それから合格して弁護士になりました。弁護士になってこんなことがありました。そしていまにいたります。そういう文章は、いまのわたしにとって面白いと思うことができませんでした。

しかし他方で、1～29に挙げた内容が、気分（感覚）としては、つながるように意識をして構成を何度も考えました。書いた文章でもその大部分を削ったものがありますし、項目そのものを全部消したものもあります。

いっけんまとまりがないように思われるかもしれませんが、感覚的には1から順番にお読みいただくと面白いかなと思っています。少なくとも著者としてはそう考えてつくりました（もちろんどこから読むのも自由です）。

本書を執筆しながらずっと考えていたことがあります。それは、人生とは何なのだろうか、ということです。夢とか目標とか才能とか素質とかいいますが、人は「1度だけの人生を送る」という点ではだれもが同じです。そして、才能や素質は、既存の職業観でみて、唯一これだけだということには、本当はならないように思います。夢や目標についても漠然としたものが具体化するのには、様々な経験と時間の経過が必要なようにも思います。

わたしは読書が好きなので、遠い昔に生きた人たちの本を読むことがあります。2000年以上前の人物でセネカという哲学者は、弁護士でもあり、政治家でもあり、哲学者でもありました。医者でありマンガ家になった手塚治虫さんは、実際にはマンガ家の仕事をしていた方です。医者と作家の両方の仕事をされた人物に森鴎外などもいます。

いま日本で活躍されている方でも、かつてはスポーツ選手で、いまはテレビの解説者やキャスターという方もいます。両方とも（スポーツもしゃべりも）才能や素質があるという方もいるのだと思います。もちろんいろいろなことをやるのがいいということではありません。何か1つに集中することで大きな力を発揮される方もいますし、地道に会社のため世のために働く方もいます。子どものため家族のために生きるというのも素敵だと思います。1度きりの人生で何をするか。それを決めるのは、人生の主役である自分自身です。

わたしは何の才能があるのかはわかりませんが（そもそも才能があるのかもわかりませんが）、このエッセイに書いたように、マンガ家やミュージシャンになりたいと思っていたときがあります。弁護士になったいまでも著述活動には魂のレベルで引かれるので、本を書き続けています。しかし税務訴訟をすれば負けず嫌いの性格が前面に出てきて、資料の読み込みから書面の作成までそれに没頭し続けます。

「弁護士だから読むのは法律書だけです」「検察官なので本当は描きたいけど絵は描きません」「本当はやりたいけど裁判官なので音楽活動はしません」という考えを選択するのも自由です。それはその人の考えです。

わたしは、できることはすべてやりたいと思っています。やりつくしたいと思っています。何かを中途半端にするということではありません。すべてに全力投球で、自分のできるかぎりをつくして、人の役に立てたらと思っています。そのため弁護士業務については税務という専門分野にしぼり集中して力を注ぐようにしています。

このエッセイがどなたかの役に立つものになったかはわかりません。勉強ができなくて悩んでいる中学生や高校生、将来の職業がみえずあせりを感じている大学生、いまやっている仕事が本当に自分に向いているのか苦悩している社会人の方などに、考えるきっかけくらいにはなったとしたら、それだけで著者としては望外の喜びです。

最後に、本書の編集を担当してくださった北川陽子さんに感謝の言葉を述べさせていただきます。北川さんとタッグを組ませていただいたのは、本書で通算して3冊目になります（毎年1冊ずつ出版しています）。北川さんの本づくりのセンスは並外れたものがあります。著名な学者の先生の法律書の出版を数多くこなされているだけでも尊敬に値しますが、毎回感ずるのは本づくりに対する情熱と卓抜したセンスです。わたしは専門書も含めて本が大好きなので、ご一緒させていただくことができ、いつも本当に嬉しいです。ありがとうございます。これからもよろしくお願いいたします。

本書を読んでくださったあなたにもお礼を申し上げます。いつもわたしの本を楽しみに読んでくださる読者の方にも御礼申し上げます。ありがとうございます。いろいろな本を書いていますので、ぜひ別の本でもお会いできたら嬉しいです。

平成25年4月

木《き》山《やま》泰《ひろ》嗣《つぐ》

木山　泰嗣（きやま・ひろつぐ）

弁護士。1974年横浜生まれ。上智大学法学部卒。鳥飼総合法律事務所に所属し，税務訴訟及び税務に関する法律問題を専門にする。青山学院大学法科大学院客員教授（租税法演習）。上智大学法科大学院「文章セミナー」講師。

大人になってから目覚めた趣味の読書は，年間400冊以上。ここ数年は書籍の執筆も増えている。「むずかしいことをわかりやすく」，そして「あきらめないこと」がモットー。

著書に，『弁護士が書いた究極の文章術』『小説で読む民事訴訟法』『勉強が続く人の45の習慣』（いずれも法学書院）『センスのよい法律文章の書き方』（中央経済社）『最強の法律学習ノート術』（弘文堂）『分かりやすい「民法」の授業』（光文社新書）『反論する技術』（ディスカヴァー・トゥエンティワン）『情報をさばく技術』（日本実業出版社）などがある（単著の合計は本書を含めて23冊）。

税務に関する専門書に，『税務訴訟の法律実務』（弘文堂・第34回日税研究賞「奨励賞」受賞）『租税法重要「規範」ノート』（同）『税理士のための税務訴訟入門』（税務研究会）などがある。

ブログ：税務訴訟Q＆A（弁護士　木山泰嗣のブログ）
ツイッター：@kiyamahirotsugu

小さな達成感、大きな夢

2013（平成25）年 6 月15日　初版 1 刷発行

著　者　木山 泰嗣
発行者　鯉渕 友南
発行所　株式会社 弘文堂　101－0062 東京都千代田区神田駿河台 1 の 7
TEL03（3294）4801　振替00120－6－53909
http://www.koubundou.co.jp

装　丁　大森裕二
印　刷　大盛印刷
製　本　井上製本所

ISBN978-4-335-35566-0

法律の勉強を0（ゼロ）からサポート！

最強の法律学習ノート術

木山泰嗣＝著

授業を受けるときに何をノートに書けばいいのか、授業を受けた後のノートの読み返し法、判例、学説、テキストにわけ、それを読むときのノートの取り方、事例問題を読解するためのノート術、さらには、試験に合格することをめざしての過去問ファイル・弱点問題ファイル、反省ノートの作り方など、具体的にひとつひとつ丁寧に説明します。

弁護士・著述家として大活躍の著者が、学生時代、単位を落としたり、司法試験になかなか受からなかった経験をとおしてつかんだノート術を披露。初公開の著者オリジナルノート、学習段階別サイトマップも必見。法律学習の大海へ漕ぎ出すための羅針盤。Ａ５判 260頁 2000円

第１章　法律を勉強するためにノートは必要か？
第２章　授業を受けるときにとるノート術
第３章　あたまを整理し、理解するためのノート術
第４章　勉強グッズとしてのノート術
第５章　問題を解くときのノート術
第６章　試験に合格するためのノート術

弘文堂

＊定価（税抜）は、2013年６月現在